涼宮ハルヒの劇場

谷川 流

角川スニーカー文庫

24431

涼宮ハルヒの劇場

CONTENTS

SOS
act.1 ファンタジー篇

ほとほと呆《あき》れかえることに俺には現状がさっぱり理解できなかった。普通《ふつう》の感性を持っている人間ならば、きっと今の俺の立場と脱力《だつりょく》感にシンパシーを覚えてくれることだろう。そして共にこう言ってくれるに違《ちが》いない。

「なんだ、これ」

「何か言った？」

俺の隣《となり》でハルヒが場に似つかわしくないスマイルを浮《う》かべている。凶悪《きょうあく》なまでに嬉《うれ》しそうな、常識を一切《いっさい》無視して突《つ》っ走《ぱし》ろうとしているときの笑《え》みである。こいつがこんな笑顔になったが最後、俺たちはどこまでもこの無軌道《むきどう》な女に付き合って行くところまで行ってしまわねばならないのである。乗った電車の行き先が生徒指導室とか予備校の浪人《ろうにん》生クラスとかになっていないことを祈《いの》るしか手だてはない。

だが、まあ今は祈っている場合でもなさそうで、

「何も言ってねえよ。というか、しばらく何も言いたくない」

俺のコメントはこれだけだ。

「あっそ。じゃ黙《だま》ってなさい。ここはあたしに任せて、あんたは脇役《わきやく》になってればいいわ。こういう交渉《こうしょう》ごとにあんたは向いてないからね」

こいつに俺の向き不向き及《およ》び進路を勝手に決定されたくはないが、とりあえず俺は口を

貝にすることにした。確かに誰《だれ》に何を言えばいいのか解《わか》らんし、下手に適当なセリフを口にして事態を悪化させることだけは避《さ》けたいと思ったからで、しかし誰だっていきなりこんな所で突っ立っている自分を見つければ、俺と同じような心境に陥《おちい》るだろう。

そう、突如《とつじょ》として自分がどこかの城の王宮に駆《か》り出され、目の前にやたら恰幅《かっぷく》のいい王様みたいなおっさんが玉座に身を沈《しず》めているのを目の当たりにしていたらな。

「勇者ハルヒよ」

と、そのダイヤのキングそっくりのおっさんは重々しく渋《しぶ》い声を放った。

「世界を救えるのは生まれながらの勇者にして、太古から連綿と受け継《つ》がれた伝説の大勇者の血を引くおぬしだけなのだ。どうか余の願いを聞き入れ、この美しい世界を恐怖《きょうふ》と災厄《さいやく》によって支配しようとする邪悪《じゃあく》な魔王《まおう》を倒《たお》してはくれまいか」

「でさ、おっさん」

ハルヒは脇《わき》に控《ひか》える宰相《さいしょう》みたいな爺《じい》さんに「陛下」と呼ばれていた王様野郎《やろう》に軽々しく言ってのけた。

どうやら中世風絶対王政を敷《し》いているらしいが、この国には不敬罪はないのだろうか。そろそろ衛兵が出てきてハルヒを牢獄《ろうごく》にぶちこんでもいい頃合《ころあ》いだ。ただし独房《どくぼう》にしてくれよ。俺まで入りたくないからな。

ついでに言えば、長門《ながと》と朝比奈《あさひな》さんと古泉《こいずみ》だって入りたくはないだろう。こうやって一列に並んでいるからと言って、連座制でお縄《なわ》になるのは勘弁《かんべん》して欲しい。

「世界を助けてくれってのは、そうね、納得《なっとく》してあげなくもないわ。あたしに依頼《いらい》するのももっともなお願いだと思うからね。その点は誉《ほ》めてあげる。あなた、いい人選したわよ。このあたしとあたしが率いる連中は、どんな依頼でも秒単位で解決できるからね。ちゃんと実績もあるわよ」

即座《そくざ》に全消去してくれと思いたくなるくらいの、デマカセだらけのセリフだ。

俺の左隣《ひだりどなり》で、ハルヒは見事に姿勢良く、そして威勢《いせい》も良く、びしっと右手人差し指を玉座のキング氏に突きつけて、

「でもね、労働には対価が付き物なの。その支配欲《よく》に取り憑《つ》かれた魔王とやらをぶちのめしたとして、あたしにどんな得があるわけ？　何となくだけど、誰が支配しようが税金納める先が変わるだけって気がするんだけど」

達者に回る口だよな。俺は生き生きとした顔から目を転じ、ハルヒの衣装《いしょう》をさりげなく観察した。

勇者ハルヒよ――、なんてこいつに向かって呼びかけるヤツがいたら、通常の俺は気の毒な思いを押し隠《かく》しながら救急車を呼んであげるか即座にその場を離《はな》れるかするだろうが、

この場においてはさすがにそれは無理だった。なぜなら、今のハルヒの格好はどう難癖《なんくせ》つけるとしても「勇者」っぽかったからである。想像していただきたい。何でもいいから西洋中世世界ベースのファンタジーＲＰＧに出てくる勇者的な衣装をな。だいたい合ってると思うぜ。それが今ハルヒがまとっている衣装なのだ。

「おお、勇者ハルヒよ」

さっさと城から叩《たた》き出せばいいのに、王様はなおもハルヒの相手をするつもりらしい。

「悪なる魔王を倒し、世に平和をもたらした暁《あかつき》には、そなたの名は英雄《えいゆう》として地の果てまで轟《とどろ》こう。その栄誉《えいよ》だけでは足りぬと申すのか」

「そりゃ、申すわよ」

ハルヒは指を鼻先で振《ふ》った。

「栄誉賞のメダルなんか、煮《に》ても炒《いた》めても食べられないからね。せいぜいオークションで転売するくらいが関の山だわ」

「勇者ハルヒよ。ならばそなたを王宮に迎《むか》え入れよう。我が娘《むすめ》である姫《ひめ》と結婚《けっこん》し――」

「いらないって、姫さまなんか」

「――ではなく、王子と結婚して同権君主となるのはどうか。ただ、我が子たる王子と姫は揃《そろ》って魔王によって拐《かどわ》かされ、魔王城に監禁《かんきん》されている。救い出してくれてからの話であるが」

「いらないって言ってるでしょ」

だんだん声に怒気《どき》がこもり始めた。

「そんなわけの解んないヤツとの結婚をチラつかされてあたしが喜ぶと思ってんだったら言っとくわ、あんたメッチャ間違ってる！　どれくらい間違っているかって言うとね、マークシートを一段ずらしで全部塗《ぬ》っちゃってそのまま解答用紙を出しちゃうくらいの大間違いよ！　しかも模試じゃなくてホンチャンで！」

ハルヒは語気荒《あら》く叫《さけ》び終えると、俺の耳に口を寄せてきた。

「ねえキョン、このまま反乱起こして革命起こしてやんない？　剣突《けんつ》きつけて脅《おど》せばこのおっさん、あっさり退位しそうな気がするわ。なんならあんたを王位につけてあげてもいいわよ」

やるなら一人でやってくれ。俺は反乱にも革命にも王権にも興味はない。世界の片隅《かたすみ》で平和な余生を送りたい。ハルヒ以外の仲間たちも同じことを考えているに違いないさ。

というわけで、俺はハルヒの視線をかわすように反対側を向いた。そこにあったのは、俺が目に入れて飼えるなら痛いのも一週間は我慢《がまん》するだろうと思うくらいに愛らしい、朝比奈さんのきょとんとしたご尊顔である。

「あ」

朝比奈さんは俺の視線に気づくと、それまでの戸惑《とまど》い顔を和《なご》やかに微笑《ほほえ》ませ、照れくさそうな仕草で両手を広げた。抱《だ》きついてもいいですよというボディランゲージではなく、

「似合ってます？　これ」

似合うも何も、朝比奈さんが着て似合わなかったらそれはモデルではなく衣装の責任だ。そんな衣類は寒い夜に山荘《さんそう》の暖炉《だんろ》にでもくべてやるがいい。

「完璧《かんぺき》な魔法使いですよ。他の何にも見えません」

賛美すべき言葉はシンプルにまとめるべきだと感じつつあるこの頃《ごろ》なので、俺は万感の思いをワンセンテンスに込めて言った。伝わったに違いない。朝比奈さんはますます笑顔となって、

「キョンくんのも、お似合いですよ」

それはそれは、と俺は何とか笑みをうかべつつも、実際にありがたいと思うべきかどうかははなはだ微妙《びみょう》な問題だった。趣味《しゅみ》にないコスプレが自分にマッチしていたとして何が楽しいことがあろう。俺が取り繕《つくろ》い方を模索《もさく》していると、おそらくハルヒとのやり取りに疲《つか》れたのだろう、ダイヤのキング氏が、

「戦士キョンよ」

ついに俺にまで声をかけてきた。

「おぬしはどうか。世界を救い、我が姫を妃《きさき》として次代の王の地位を保証してもよいが」

――戦士。それが俺の役回りのようだった。鎧《よろい》を着て長剣まで腰《こし》に差しているんだから、そりゃあもう俺は戦士だろう。少なくとも格好だけは。ちなみに剣の心得は中学の時の体育の授業で竹刀《しない》を振り回したレベルだが、そんなのでもいいのかね。

「手前ミソになるが、姫は美しい」と陛下は親バカを発揮し始めた。「前年度の世界美少女百選で首席の地位に輝《かがや》いたのだ。魔王に連れ去られなければ今年も連覇《れんぱ》していたであろう」

「そっすか」

俺はそっけなく応《こた》える。その姫君がどれほどのものかは一見の価値があるかもしれない。だが確実に言えることは、まだ見ぬ彼女は朝比奈さんより可愛《かわい》くもハルヒ以上の行動力も長門並みに超《ちょう》便利でもありはしないに違いないということだった。もはやちょっとやそっとのことでは俺のハートマークは揺《ゆ》らいだりしないのさ。

大体、ここでうなずいたりしようものなら魔王より早く俺が勇者に成敗されてしまうだろう。そんな未来の光景がシャボン玉のように目の前十センチあたりに浮かんで消えた。

「しつこい王さんねえ」

ハルヒが何をゴネているのかと思ったら、

「旅の路銀がこれじゃあ全然足りないわ。成功報酬《ほうしゅう》なんてケチなこと言わないで、限度いっぱいまでくれたらいいじゃないの。そうね、9999ゴールドくらい」

紙幣《しへい》が開発されているならまだしも、もし硬貨《こうか》だったとしたらとんでもない重量になりそうだが、宝箱を背負って歩くのは誰なんだ？　と口を挟《はさ》むのもバカらしい。王冠《おうかん》でも貰《もら》っとけよ。どこかで換金《かんきん》してくれるだろ。

なおもハルヒは為替《かわせ》の変動レートや金本位制の有無について質問を飛ばしたあげく、騎《き》兵《へい》一万と歩兵五万からなる軍団を護衛につけろとかの、言ってもしょうのないことを言っては陛下と宰相の顔色を困惑《こんわく》色に染めていた。

しばらくヒマになりそうだったので、この間を利用し残り二人の格好を簡潔に描写《びょうしゃ》しておこう。

長門は盗賊《とうぞく》で、古泉は竪琴《たてごと》構えた吟遊《ぎんゆう》詩人。終わり。それ以上説明しようもない。見たままだ。

長門は動かない視線でひたすら真正面の石の壁《かべ》を見つめ続けているし、古泉は空々しいまでの爽《さわ》やかスマイルでハルヒのしゃべくりを静観していた。こいつの衣装を俺が着るハメにならなくて胸をなで下ろすね。うっとうしいくらいに古泉には似合っていたが。

　パーティのメンツはこの五名、早い話がいつものメンバーだ。ただしハルヒの肩書《かたが》きは団長ではなく勇者で、俺はお供の戦士、魔法使《まほうつか》い朝比奈さんに盗賊が長門、吟遊詩人に扮《ふん》するは古泉という、なんだか企画《きかく》の段階でうっかりキャラ設定を別の物語に間違《まちが》って入れてしまったようなミスキャストぶりだった。

　だが、これで何とかするしかなさそうだ。

　ハルヒとダイヤ王陛下が間抜《まぬ》けな押し問答をまだやってるおかげで、この世界が置かれている事情は解ってきた。とにかく根元的に邪悪な魔王がいずこからともなく湧《わ》いて出て、この国の支配階級にとってそいつはとんでもなく邪魔であり、おまけに誘拐《ゆうかい》犯でもあるため、お前らちょっと冒険《ぼうけん》ついでにとっちめてこいって話である。要するにＲＰＧだ。しかも、かなり出来の悪そうな。

「さて」

　俺はそう呟《つぶや》いて腰の剣を持ち上げてみた。いったい何と戦うのかは知らないが、あまりこいつを使うような局面が訪れては欲しくない。こちとら殺伐《さつばつ》としたシリアス系は苦手なのでね。

長々とした交渉《こうしょう》がやっと終了《しゅうりょう》した。やっぱりだ。金貨がぎっしり詰《つ》まった宝箱を背負って歩く俺、長門、古泉の姿はハタから見たら勇者一行でもなんでもなく、ただの図々《ずうずう》しい物取りなのではないかと疑問を感じる余裕《よゆう》もなく重かった。荷物運び係には慣れているはずだったが、金貨が満載《まんさい》の木箱はさすがに最近背負ったどんなものよりも重く、ハルヒの体重以上はありそうで、重量で価値が決まるのならば文句なく宝箱の勝利である。

「出だしはまあまあね。この調子でラストまで行くわよ」

先頭をずんずん進むハルヒの道程に従って、俺たちはひいひい言いながら後を追う。もっとも喘《あえ》いでいるのは俺だけで、長門と古泉はけっこう余力をもって荷物を担《かつ》いでいるようだが、長門はともかく古泉にそれだけの腕力《わんりょく》があるとは妙に気にくわない現象だった。ひそかに筋トレでもしてたのか、この野郎。俺も誘《さそ》えよな。

言うまでもなく朝比奈さんに余計な斤量《きんりょう》は与《あた》えられていない。彼女が持っているのはネジくれた古木の棒であり、それが彼女の魔術的アイテムであるらしい。実はよく解《わか》らない。この朝比奈さんにどんな魔法が使えるというのか、疑問以前にミステリーの一種である。まさか美味《おい》しい新茶の淹《い》れ方とかいうような豆知識のことじゃないだろうが……。

「まずは腹ごしらえよ。好きなもんを注文しなさい。軍資金はたんまりせしめたし、景気づけにパアッとやりましょ」

ハルヒが立ち止まったのは、ナントカ亭《てい》という木彫《きぼ》りの看板が店頭に掲《かか》げられた木造二階建てだった。道端《みちばた》に何頭かの馬が紐《ひも》で繋《つな》がれており、どこか疲れた目を俺たち五人に向けていたりする。生き馬の目を抜く世界観がここの標準であるらしい。

「しかし時代考証のよく解らない町並みだな」

俺は鎧をガチャつかせながら辺りを見回した。

城を出てすぐの城下町は、文明レベルで言えば百年戦争当時のヨーロッパ大陸っぽい雰《ふん》囲気《いき》だが、もちろん俺が当時の習俗《しゅうぞく》を詳《くわ》しく知っているわけでもないので、結局よく解らんとしか言いようがない。道行く人々の格好はまさしくファンタジー系のロールプレイングゲームでしか見たことのないような衣装《いしょう》であり、手っ取り早く、いわゆる『剣と魔法』の世界を想起してみれば話は早い。そんな感じのものだと思ってくれれば余計な説明の手間も省けるから俺としてもかなりの部分で助かる。

そうして俺が描写能力の限りを尽《つ》くして風景説明をしているうちに、ハルヒはすったかと居酒屋らしき建物の扉《とびら》を開き、

「ハーイ！」

上機嫌《じょうきげん》な声を発し、その店の客を残らず振り向かせた。客層はあまりよろしくなさそうである。どことなく荒《あら》くれ者の臭《にお》いがするブルーカラー的なおっさんが昼間からジョッ

キを傾《かたむ》けているのだから、この国の就労事情の一端《いったん》が垣間見《かいまみ》られる。俺が背負う宝箱に集中する視線もなかなか不穏当《おんとう》であり、よほど長門の後ろに隠《かく》れようかと思ったくらいだ。

だが、それも、

「今日のお客さんはラッキーよ！　飲み食いしたぶん、全部あたしが払《はら》ってあげるから。奢《おご》りよ、奢り。お金のことは気にしないでいいわ。全額王様負担だからさっ」

と叫ぶまでのことだった。怒号《どごう》みたいな歓声《かんせい》が安普請《やすぶしん》の木造壁《へき》を揺るがしたかと思うと、居酒屋の中は宴会《えんかい》モードに突入《とつにゅう》した。

「店の主人はどこ？　とりあえずメニューに載《の》ってる料理と飲み物、端《はし》から順番に持ってきて！　五人前ね！」

ハルヒはずかずか奥のテーブルまで進むと、出てきた髭面親父《ひげづらおやじ》に豪気《ごうき》な注文をしてから、

「なにやってんのよ、キョン！　みんなも！　さっさとこっち来て座んなさい。前祝いよ、前祝い！」

いったい何を事前に祝おうというのか。そんな俺の疑問に対する答えは、誰《だれ》からも与えられることなく喧噪《けんそう》の中で空中分解するのであった。

「…………」

立ちつくす俺の横を、盗賊に扮する長門が沈黙《ちんもく》と宝箱を背負って通り過ぎ、

「わあ……。すごいいい匂《にお》いですね」

朝比奈さんが形のいい鼻をくんくんさせながら続こうとして、

「わきゃっ」

マントの裾《すそ》をふんづけてすっころび、

「それにしても涼宮《すずみや》さんは気前がいい。ですが元は国庫ですから、こうして民衆に還元《かんげん》するのが一番なのかもしれませんね」

古泉が朝比奈さんを助け起こして、俺に微笑みかけた。例によっての余裕をかましたニヤケ顔であり、長門の無表情も朝比奈さんのおとぼけさんぶりも部室で見るのと変化なし、ハルヒなんかは意味なし元気パワーをさらに加速させている感がある。何かに取り残されているように思っているのは俺だけで、全員この状況《じょうきょう》にあっさり馴染《なじ》んでいるようだ。

「わっ、これ美味しい！　何の肉？　マンモス？　今までに食べたことのない味がするわ。後で食材とレシピを教えてちょうだい」

テーブルに次々運び込まれる料理の皿を前に、すでにハルヒは舌鼓《したつづみ》を打っていた。

「あれのどこが勇者だって？」

俺は宝箱を床《ゆか》に置いて呟いた。

魔王退治の依頼《いらい》を受けて城を出るなり居酒屋に飛び込み、せっかくの軍資金を装備や道

具に使うことなく無駄《むだ》に消費しようとする、そんな勇者がどこにいる。

「キョン、早く来なさいよ！　この発泡酒《はっぽうしゅ》、アルコールきついけどけっこうイケるわよ！早くしないと全部飲んじゃうから！」

ハルヒが陶器《とうき》のジョッキを振《ふ》り回しながら俺を呼ぶ。しかたがない。あんな勇者でも俺たちのリーダーだ。革命のコマンドがないのと同じ理屈《りくつ》で、しがない一戦士としてはここで離反《りはん》するわけにもいかない。一人では行く当てにも困ることだしさ。

勇者一行が陣取《じんど》るテーブルへ、俺は歩き始めた。


それからどのくらいの時間が経《た》ったのか、時計がないのでよく解らないものの、店中を巻き込んだどんちゃん騒《さわ》ぎは依然《いぜん》として続行中だった。

どぶろくみたいな発泡酒をすっかりお気に召《め》したハルヒは杯《さかずき》を空にするたびメートルをどんどん上げていき、隣《となり》のテーブルにいたおっさんと肩を組んで奇怪《きかい》な歌を合唱している。

その横では長門が後から後から運ばれる名称《めいしょう》不明の料理を黙々《もくもく》かつ淡々《たんたん》と平らげ続けていた。この居酒屋の食材は無限かと思えるほどだったが、もっと無限を疑うべきは長門の胃袋《いぶくろ》である。あれだけの量が果たしてどこに収まっているんだ？

ぽろりろ、と弦《げん》を弾《はじ》く音がした方を見ると、壁際《かべぎわ》に椅子《いす》を移動させた古泉が竪琴《たてごと》をつま弾《び》いて、何人もの町娘《むすめ》たちに囲まれていた。その娘さんたちが古泉を見る目が、まるで地上に降りたアポロンを見つめる純真な乙女《おとめ》のようで、まったく俺は不愉快《ふゆかい》だ。

まあ別にいい、俺には朝比奈さんがいるしな、と自分を慰《なぐさ》めようとしてみたが、朝比奈さんも俺のそばにいてくれたりはしていなかった。どこにいるかというと、

「お待たせしましたぁ。ご注文はこれでよかったですか？　あ、はぁい、ただいまお伺《うかが》いしまーす」

なぜか店のウェイトレスとなって、テーブル間をいそがしそうに走り回っている。ハルヒの押しつけに従って一杯《いっぱい》ひっかけてしまったのが悪かったらしい。ほんのりと頰《ほお》を染めつつ、嬉《うれ》しそうに厨房《ちゆうぼう》とテーブルを往復しているのだった。

「おい、古泉」

さすがに黙《だま》って飯喰《く》うのも限界だ。とっくに腹一杯になっていたこともあって、俺は流しのミュージシャンのように竪琴で弾き語りをしている急造の吟遊《ぎんゆう》詩人を呼び寄せた。

古泉は町娘たちのうっとりした視線を背中に浴びながら、

「どうしました、戦士キョン。我々のこの状況に何か不満なことでも？」

あたりまえだ。満足してる場合じゃないだろ。

「そうですね。一刻も早く魔王《まおう》を倒《たお》さないといけないのでしたっけ。でも、一日二日遅《おく》れるくらいなら許容範囲《はんい》ですよ」

そうじゃねえ。魔王を倒す以前の問題があるだろう。

「ここはどこだ」と俺は言った。「このロープレみたいな世界は何なんだ。どうして俺たちはこんなところにいる。誰が連れて来やがった？」

古泉は漂白洗剤《ひょうはくせんざい》みたいに白い歯を見せて、

「実は僕にも解りません。たぶんあなたと同じで、ふと気がつけばいつの間にか王宮にいましたね。それ以前の記憶《きおく》が曖昧《あいまい》でして。あなたは覚えていますか？」

それが思い出せないから不安になってるんだよ。王様の御前《ごぜん》にいる自分を発見する前、俺はいったいどこで何をしていたっけな。

竪琴片手に古泉は、

「気のせいかもしれませんが」とエクスキューズをしておいて、「どこかでゲームをしていたような感覚があるんですよね。テーブルトークＲＰＧのようでもあり、パソコンを使ったオンラインゲームのようでもあり」

俺は顔をしかめた。そう言われればそんな気もする。しかし実感はまったくない。ゲームをしてたはずが、そのままゲーム世界の中に飛び込んできた——なんて、そんなお手軽なシチュエーションを簡単に信じたくはないぞ。

「朝比奈さん」

ぱたぱたとよく働くマント姿をした給仕少女を呼び止める。

「はーい」

お盆《ぼん》を抱《かか》えて小走りで来た朝比奈さんは、

「ご注文は？」

そうではなくてですね。あなたは魔法使いなのかメイドなのか、どっちのロールプレイをしているのかと訊《き》きたかったが、

「これはどういうことです」と俺は置いていた剣《けん》を拾い上げて、「ハルヒが勇者で、魔王を倒すだの何だのって、どういったわけで俺たちはこんなところにいるんです？」

「えっ？」

朝比奈さんは愛くるしい目をぱっちりと開いた。

「これ、テーマパークのアトラクションじゃなかったんですか？」

初耳です。

「えっと……。みんなで遊園地みたいなところに来て、館みたいなところに入ったような気が……。確か役になりきって冒険《ぼうけん》するんじゃなかったでしたっけ？」

俺は古泉にアドバイスを求めた。だが古泉もまた顎《あご》に指を当てて首をひねっている。

「その割にはリアル指向ですね。城やこの店が作り物で、ここにいる人々がエキストラのようには全然思えませんが。それに僕にはそんな記憶はまったくありませんよ」

俺にもない。ゲームしてた記憶も遊園地に行った記憶も、同じくらいないぜ。

「あれ？」朝比奈さんはたおやかな手を頬に当て、「何だか最初から魔法使いだったような気も……。あれ？　変ですね……。ＳＯＳ団……涼宮さんは勇者で、キョンくんは戦士で……。あれれ？」

俺は溜息《ためいき》を吐《つ》く。ハルヒなんぞを勇者として頼《たよ》りにしなければならない世界があったとしたら、そこは異常なまでの人材難だ。ハローワークで募集《ぼしゅう》したほうがまだマシな勇者が集まるだろう。

「朝比奈さん、魔法使えるんですか？」

ためしに訊いてみたところ、朝比奈さんは自信ありげに、

「使えますよー。見せましょうか？　ほら、これが耳が大きくなる魔法で……」

実演してくれた。

「これが百円玉にタバコを通す魔法です。えいっ、えいっ」

目頭《めがしら》が熱くなってきた。違《ちが》いますよ朝比奈さん、それは魔法ではなく……。確かに英

訳したらどっちもマジックですが。

「あれ、うまくいかないなぁ。あっ、練習ではちゃんと出来たんですよ。もう一回、」

いいや、もういいです。充分堪能《じゆうぶんたんのう》しました。

俺が額を押さえていると、どこかのテーブルから給仕を要求する声があがり、すかさず

「あ、はい、はいっ」と手品使い師朝比奈さんは慌《あわ》てた仕草で駆《か》け寄ろうとした拍子《ひようし》に、

マントをふんづけて転んだ。

「ひゃあっ」

もうこうなったら最終兵器を持ち出すしかあるまい。

「長門」

頬をぱんぱんにふくらませて料理を音もなく咀嚼《そしやく》していた小柄《こがら》な盗賊《とうぞく》姿は、俺の呼びかけにひっそりと立ち上がってやって来た。

そして俺が口を開く前に、

「シミュレーション」

と言って、俺の前にある食いかけの皿をじっと見つめた。

シミュレーションだと？　この状況はどう見てもＲＰＧだろう。

「……………」

長門は言葉を探すような雰囲気《ふんいき》で立っていたが、やがて淡々とした声で、

「わたしにもよく理解できない。もっとも高い可能性は、ここがシミュレーション空間であるということ」

「それはつまり」と古泉が言った。「我々は何者かによる何らかの手段によって、現実とは切り離《はな》された別の空間に放り込まれているということでしょうか」

長門はこくんとうなずいて、しかし目は皿の上に落としたままである。俺は手近の椅子を引き寄せて座るように促《うなが》し、料理を長門のほうに押しやって言った。

「何者かによる何らかの手段って何だよ。こんな真似《まね》ができるのは誰《だれ》だ?」

「解《わか》らない」

長門は答えて、それがどうしたと言わんばかりに俺の食べかけを黙々と頰張った。そして食い終えてから、

「終了《しゅうりょう》条件が設定されているように感じる」

憮然《ぶぜん》とした俺へのサービスのつもりか、考えるような顔つきでゆっくりと、

「状態を復帰させるトリガーが存在するはず」

それは何か、と訊くまでもないな。今現在の立場として、俺たちがしなければならない任務とは、この場合……。

「魔王を倒せ、でしょうね」

古泉が代わりに言って、優雅《ゆうが》に竪琴をかき鳴らした。

そんなわけで俺たちは魔王を倒さなければならない。これで問題の一つは片が付いた。とにかく目的だけは明確になったってわけだからな。後は手段を考えればいい。

「それはいいのだが……」

俺はうんざりとした顔をハルヒに向けた。最大の問題が残っている。言うまでもない。いつだって問題を発生させるのは、この迷惑《めいわく》なSOS団団長だった。

「料理が足んなくなってきたわよ！　ほら、新しく来たお客さんにも駆けつけ三杯《さんばい》！」

宴会《えんかい》は三日目に突入《とつにゅう》していた。この間俺たちがしたことと言えば、宿屋と居酒屋の往復だけである。魔王の城がどこにあるかとか、レベル上げのためにモンスターと戦うとか、有益なアイテムを探すとか、いっさい何もやっていない。

ハルヒは勇者などではなく単なる気前のよすぎるお大尽《だいじん》になってるし、朝比奈さんは運命のようにメイドと化し、古泉は日に日に上達する竪琴の腕前《うでまえ》を観衆に披露《ひろう》しては女性たちの潤《うる》んだ目をひきつけ、長門は完全にフードファイターである。

ひょっとしたら自分たちは勇者とその一行などではなく、偽《にせ》勇者とその一味なのかもしれないと思い始めている俺だった。この世のどこかに真剣《しんけん》に世界を憂《うれ》う正義感溢《あふ》れた善人パーティがいて、その名を騙《かた》る不届き者が俺たちの正体なのかもしれん。この間違いに王様が気づき、捕縛《ほばく》を命じられた衛兵がいつ店の扉《とびら》をぶち破って登場するかとヒヤヒヤものだ。まったく、誰かが入ってくるたびにギョッとする。食い過ぎたわけでもないのに胃が痛むのはそのせいで、その胃痛の原因がまた新たに軋《きし》む扉を押し開いてやってきた。衛兵ではなさそうなので安堵《あんど》する。

それは年齢不詳《ねんれいふしょう》の爺《じい》さんだった。隠退《いんたい》した仙人《せんにん》のような白髯白眉《はくぜんはくび》に皺《しわ》深い顔を持ち、今にもフォースの何たるかを教えてくれそうな気配を漂《ただよ》わせている。その爺さんは何を思ったか、俺に鋭《するど》い眼光を向けてきた。

「……まだこんな所におったのか」

そんな呆《あき》れたように苦言を呈《てい》されても、俺は腰《こし》を引かすくらいしかできないぜ。

爺さんは木枯《こが》らしめいた溜息をつくと、ハルヒが陣取《じんど》る奥の席へ向かった。

「勇者ハルヒよ」

「何か用？」

酔漢《すいかん》たちと即席《そくせき》アームレスリング大会を開いていたハルヒは、胡散臭《うさんくさ》そうに老人を見上げた。

「参加料は金貨一枚よ。優勝者の総取りってことでいいんなら、そっちのトーナメント表に名前を書き込んでちょうだい」

「愚《おろ》か者」

　爺さんはあまりにも的確なことを言い、

「とっくに魔王城への道半ばと思いきや、未《いま》だにこの町を出ておらんとは何たることか。勇者ハルヒよ、破滅《はめつ》の時はすぐそこに迫《せま》っておるのじゃ。その前に魔王を倒すのが己《おの》が使命であると思い知れ」

「誰、このお爺さん。やたら偉《えら》そうだけど」

「わしは」と爺さんは年甲斐《としがい》もなくまっすぐな背筋をさらに伸《の》ばして、

「森の賢者《けんじゃ》じゃ。おぬしたちに様々な情報を与《あた》え、正しい道筋を辿《たど》らせるのがわしの役目なのじゃ」

　店内が静まりかえり、老賢者の渋《しぶ》い声がますます響《ひび》き渡《わた》る。

「本来ならばおぬしたちが来るのを待つべきなのだが、いつまでたっても来ないものだからこうしてわしのほうから出向いてきたのじゃよ。よいか勇者ハルヒよ――」

「解ったわよ」

何が解ったのか、ハルヒはいともあっさり立ち上がって笑《え》みを浮《う》かべた。

「そろそろこんなんが来る頃《ころ》だと思ってたわ。ちょうどお金も使い果たしたみたいだし、場所替《が》えするのも悪くないかもね」

確信犯的とは今のハルヒを表す言葉だろうな。しかし軍資金を残らず遊興費に使ってしまうとは、とんだ勇者様ご一行がいたもんだ。

「やれやれじゃ」

森の賢者とやらが俺の心中を代弁し、

「さあ、ついて参れ。勇者ハルヒとその仲間たちよ。まずは第一関門におぬしらを案内せねばならぬ」

やっとか。俺は首を振《ふ》りながら腰を上げた。見ると古泉は名残惜《なごりお》しげな町娘《むすめ》たちと一人一人握手《あくしゅ》をして別れを惜しみ、朝比奈さんは店の主人からバイト代が入っているらしき小さな革袋《かわぶくろ》を手渡されていて、長門は早くも店の外で俺たちを待っている。

「キョン、行きましょ」

俺の腕を引き、戸口に向かう途中《とちゅう》でハルヒは振り向いた。

「じゃっ、ちょっくら魔王倒《まおうたお》してくるわ。財宝ぶんどって来るからさ、そん時はまたみんなで宴会しましょ。きっとよ！」

店の客たちの歓呼《かんこ》が、俺とハルヒの背中を後押しした。

城下町を出ると、そこは緑の平原だった。色の濃《こ》いところが森で、薄《うす》いところが平野になっている。グラフィックをケチったみたいにシンプルな風景だ。

「よいか」と森の賢者は俺たちを先導して歩きながら、「まずはあれに見える森の最深部、そこに洞窟《どうくつ》がある。なに、短い洞窟なので迷うことはなかろう。中に宝箱が一つあり、その中身は魔王城に入るための門の鍵《かぎ》じゃ」

それを取ってこい、というわけである。

「オッケー」

ハルヒはうなずくや否《いな》や、

「さあみんな、ちゃっちゃと終わらせましょ。行くわよ！」

やにわに走り出した。追いかける以外にないだろう。勇者一人を猪突猛進《ちょとつもうしん》させるわけにはいかないからな。

背後で老賢者が何か──「待て」とか「話はまだ」とか──言っていたような気がしたが、ハルヒのスピードに付き合っているおかげであっという間に遠ざかる。

森の中のまっすぐな道を走って数分、突《つ》き当たりに洞窟があった。なんか怪《あや》しい気配がする。いかにも凶悪《きょうあく》なモンスターが宝箱を守っていそうな……と誰しもが思うところだが、思わないのがハルヒである。そのままの勢いで洞窟に突貫《とっかん》した俺たちは、五歩も進まないうちに立ち止まることになった。

「うわ」

そこは巨大《きょだい》なホール状になっている。何でか壁《かべ》が薄く発光していて、まったくの暗闇《くらやみ》ではない。そのため見たくもないものが見えた。

「わあ、大きい……」

朝比奈さんがそう言って息を呑《の》む。

「確かに」古泉が首肯《しゅこう》して、「どうやって倒しましょうね」

「…………」

長門はただ見上げているだけだった。俺もそうである。言葉をなくして目の前にわだかまる巨大な影《かげ》を凝視《ぎょうし》するのみだ。

「えーと」

ハルヒはこりこりと頭を掻《か》いた。

「最初に出くわすモンスターがこれなわけ？　どっかおかしいんじゃないの？」

頭のネジに故障を抱《かか》えるハルヒが疑問視するのも無理はない。

そこにいたのは竜《りゅう》だった。バカみたいにデカくて、とてつもない威圧感《いあっかん》で俺たちを睨《にら》んでいる。どうやらこいつが洞窟の主《あるじ》にして、宝箱の守護者らしかった。

呆然《ぼうぜん》と見ている中、巨竜はぱっくりと大口を開き――。

どうしようもない。そいつのドラゴンブレス一発で、俺たちは全滅《ぜんめつ》した。


「だから言ったじゃろう」

森の賢者がしかめ面《づら》で言っている。

「最後まで話を聞くのじゃ。洞窟のガーディアンドラゴンは、今のおぬしたちのレベルで敵《かな》う相手ではない。戦わずして鍵の在処《ありか》までたどり着かねばならぬのじゃ」

森の入り口に俺たちはいる。全滅したはずなのになぜ生きているのかと言うと、言うまでもなくここがセーブポイントだったからだ。それ以外に何かあるか？

「解ったってば」

ハルヒは不機嫌《ふきげん》そうに言って老人の言葉を遮《さえぎ》った。

「ようは鍵を取ってくれば文句ないんでしょ？　今度は上手《うま》くやるわよ」

「だからわしはその方法を教えようと――」

「いいから、もう黙《だま》っときなさい」

ハルヒの瞳《ひとみ》が爛々《らんらん》としているのは、あのドラゴンへの復讐《ふくしゅう》心のためだろう。

「さっきは油断してたわ。不意を打たれたってやつよ。心構えさえしてたら、あんなのにやられることはなかったわよ。次はコテンパにしてやるからね！」

そう言ってまた駆《か》けだした。ということは半強制的に俺たちも走り出すことになる。できれば別行動を取りたいのだが、そういった選択肢《せんたくし》はどこにもないようで、正直、どうにかして欲しい。

そうやって再び洞窟に突入した我々は、再びドラゴンに直面することになり、ドラゴンブレスを浴びるところまで忠実に再現して、やっぱり全滅することになった。


「話を聞けと言うのに」

森の賢者の声は疲《つか》れているようだったが、俺はもっと疲れている。朝比奈さんなんか、うんうん唸《うな》りながら地面に横たわっているほどだ。古泉のスマイルにもいつものキレがなく、表情に変化がないのは長門だけである。

「もう、腹が立つわねえ」

ハルヒはイライラと爪《つめ》を噛《か》んでいた。ご立腹もやむなしと言えるだろう。

俺たちの全滅は五回を数えていた。それもこれも、ハルヒが考えなしに突撃《とつげき》を敢行《かんこう》するからである。洞窟突入に続く対竜戦闘《せんとう》、ドラゴンブレス一閃《いっせん》──というパターンが五回繰《く》り返され、結果も繰り返された。次も同じなら、俺たちは六度目の全滅を味わうことになるだろう。さすがに飽《あ》きてきた。

「ハルヒ、ちょっと落ち着いて爺さんのアドバイスを聞こうぜ。このままじゃ、こっから永遠に動けないぞ」

ハルヒはふんと鼻を鳴らし、どっかと胡座《あぐら》をかいて座った。賢者は安心したように、

「うむ。では教えよう。洞窟の竜を眠《ねむ》らせることが先決じゃ。その隙《すき》に鍵の場所までたどり着けばよい。竜を眠らせるには、」

と、懐《ふところ》から水晶玉《すいしょうだま》を取り出して、

「この『惰眠《だみん》の玉』を使えばよい。じゃが、ただでくれてやるわけにはいかん。というのも、わしは年のせいかこのところ関節痛に悩《なや》まされておるのじゃ。東の地に生えているという『痛風一発草』なる草がよく効くといわれておる。それを取ってくるのじゃ、さすれば『惰眠の玉』はおぬしたちに──」

森の賢者《けんじゃ》がセリフを止めたのは、素早《すばや》く立ち上がって剣《けん》を抜《ぬ》いたハルヒが切っ先を喉元《のどもと》に突きつけたからである。

「回りくどいのはよしましょ」とハルヒは追い剝《は》ぎのような笑みを浮かべて、「草っぱなら後で取ってきてあげるわよ。いいからその玉よこしなさい。いい？　あたしたちは子供のお使いやってんじゃないのよ。勇者と勇敢《ゆうかん》な仲間たちなの。世界を救うのが目的で、そのためには手段を選ぶヒマはないのよね」

愕然《がくぜん》と口を開ける哀《あわ》れな老人に、ハルヒは不気味な声を投げかけた。

「ちょっとでも動くとスパッといっちゃうわよ。これでもあたしは敬老精神持ってるからね、心が痛むわ」

森の賢者、口ぱくぱく。アイテムを強奪《ごうだつ》しようとする勇者に世界も救われたくなかろう。

「さ、有希《ゆき》。今のうちにかすめ取るのよ」

盗賊《とうぞく》だからな。だが、この状態の老賢者から玉の一つを取り上げるくらい、特別なスキルが必要とも思えない。

「…………」

長門は急ぐふうでもなく、すたすたと賢者に近寄って、掲《かか》げられていた『惰眠の玉』とやらをひょいとつかんで、また元の位置に戻《もど》り無言の民となった。

「世界の破滅《はめつ》と爺《じい》さんのリウマチじゃ、申し訳ないけど優先順位が段違《だんちが》いだもの。しょうがないわ」

剣を納めてハルヒは会心の笑顔である。

「だって世界が破滅したら身体《からだ》が痛いなんて言うまでもないもんね。命あっての物種ってわけ。安心して、薬草のことはちゃんと覚えててあげるからさ」

そして、片手を突き上げ天下に号令するごとき気勢を上げるのだった。

「行くわよ、キョン。みんな。眠らせた竜をタコ殴《なぐ》りしにね！」

そっちが目的かい。


いくら攻撃《こうげき》しても竜は痛くも痒《かゆ》くもないようで、まあ深い眠りについたまま目覚めもしなかったからよしとしよう。

首尾《しゅび》よく『魔城門の鍵』を入手して出てきた俺たちを、森の賢者は懲《こ》りずに待っていてくれた。ずいぶんと苦い顔つきになってはいたが。

「これでいいんでしょ？　それで、世界を支配したがっているなんていう考えなしの魔王はどこ？　教えなさい」

「あー」

賢者は唇《くちびる》を舌で湿《しめ》し、言いづらそうに、

「実はその鍵《かぎ》だけでは魔王《まおう》の所まで行けないことになっておるのじゃ。魔王の城の奥深く、迷宮を抜けた所に立ちはだかるのは、その名も『幻夢《げんむ》の扉《とびら》』……」

「鍵はどこよ？」と訊《き》くハルヒに、賢者はますます言いづらそうに、

「ここより北の位置に廃墟《はいきょ》と化した街があり、その地下がダンジョンになっておる。魔王の忠実なる下僕、邪悪《じゃあく》なる魔法使いが暗黒神を奉《ほう》じて立てこもる地下宮殿《きゅうでん》じゃ。そやつが持っている鍵こそ『幻夢の鍵』……。じゃが、彼《か》の地は暗黒神の影響《えいきょう》下にあるため、そのままでは侵入《しんにゅう》できん。迷宮に入る前に『聖別の玉』の光を浴びる必要があるのじゃ」

「ふうん」とハルヒは極上《ごくじょう》の笑《え》みを広げて話の続きを促《うなが》した。

「……『聖別の玉』はわしが持っておるわけじゃが、いや……何というか、年のせいかのう、最近目がかすむようになっておってじゃな、この病には西の果ての地に生えておるという……」

老人は寒々しい吐息《といき》を漏《も》らした。

「……『眼精疲労瞬殺草《がんせいひろうしゅんさつ》』が効くらしいのじゃ。採取してくれたら喜んで玉を差し出すつもりじゃが、どうであろうの……？」

またもや強盗《ごうとう》に豹変《ひょうへん》するかと予想していたが、ハルヒは握《にぎ》りかけていた剣の柄《つか》から手を離して、

「あんたさ、本当に正義側の人間なの？」

じろりと老人の顔を眺《なが》め、

「怪しいわね。今時『〜じゃ』なんて言うお爺さんがいるのもおかしいけど、なーんか、胡散臭《うさんくさ》いのよね。案外、あなたがラスボスなんじゃないの？」

「な、何を言うか」

慌《あわ》てふためく森の賢者を睨みつけ、ハルヒは唇をひん曲げた。

「本物の賢者はとっくに殺されてたりしてさ、親切めかして鍵やら玉やらの情報を教えてくれてるけど、本当はこれこそ魔王の、さらにバックにいるラスボスを解放する手段なんだったりして。魔王を倒してやれやれ帰ろうかと思った瞬間《しゅんかん》に、『よくやってくれた、勇者たちよ。おかげで私を繋《つな》ぎ止めていた楔《くさび》は解き放たれた。礼を言うぞ』とかなんとかどっかから聞こえてきて、ズゴゴゴゴって登場する算段じゃないでしょうね？」

森の賢者は救いを求めるような表情で俺を見た。肩《かた》をすくめるしかないな。もしハルヒの思いつきが真相なら、こんなドッチラケなシナリオもなかろうが。

「それはない……」

老人の反論の弁舌は弱々しい。

「うむ、ないはずじゃ。そうだったかもしれぬが、いやいや……ないことになった。間違いない。魔王がラストで、その後はない。わしはただの親切な森の賢者じゃ」

その言葉を証明するように、老人は懐から水晶玉を取り出した。

「眼精疲労は堪《た》え忍《しの》べばよいだけじゃ。世界に比べれば何と言うこともない。ほら、『聖別の玉』じゃ、受け取るがいい、勇者ハルヒよ。それから」

と、また別の玉を出してきた。

「これが『追儺《ついな》の玉』といい、魔王の動きを一時停止させる効果を発揮する。遥《はる》か南の地に生えていると伝えられる『万病封滅草《ふうめつ》』などどうでもよい。世界のためじゃ、わしも繰り言は言わぬこととしよう……」

「ありがと」

ハルヒは何度もうなずきながら、しかし手を伸《の》ばすことはなかった。

「でもいらないわ、そんな玉。ややこしそうな鍵も必要ない。教えて欲しいのは一個だけよ」

驚《おどろ》き絶句する賢者に、ハルヒは輝《かがや》く瞳で問いかけた。

「魔王の城はどこ？　場所だけ教えてくれたら後はなんとかするわ。うん、もう面倒《めんどう》くさい遠回りはうんざりなのね。ようは魔王を倒《たお》せばいいわけでしょ？　ちゃんとそうして来てあげるから、城がどこにあるかを教えるの。さ、早く言ってよ」

「じゃが」と老人は唖然《あぜん》としつつ、「どうするつもりじゃ。城に行けたとしても、このままでは……」

「いいの」

ハルヒは悪戯《いたずら》っぽく微笑《ほほえ》んで、俺たちに顔を向けた。俺、古泉、長門、朝比奈さんの順番に眺めやり、

「あたしにはこんなにスゴい仲間たちがいるんだもんね。こざかしいアイテムなんていらないわ。世界なんかいくらでも救ってあげるわよ。きっと、あたしたちには出来るもん」

そしてハルヒは唐変木《とうへんぼく》なまでに明るく笑うのだった。

「なぜなら、あたしがそう信じてるから」

というわけで――。
俺たちはやって来た。たぶん、色んな行くべき場所をすっ飛ばし、必要なアイテムも手に入れず、スタート地点からまるっきりレベルアップすることもなく、いきなりの最終地

点に。

そびえ立つ魔王の城が雷雲《らいうん》を背景にして圧倒的《あっとう》な威容《いよう》を誇《ほこ》っていた。邪悪な香《かお》りがぷんぷんする上に、見ているだけで精神に負荷がかかるような恐怖《きょうふ》の波動を立ち上らせているようにも思える。本能が接近を拒《こば》んでいた。もう一歩も進めやしない。

「どうすんだよ、ハルヒ」

俺は富士山《ふじさん》でも眺めるように魔城を見上げている女勇者に、

「ろくすっぽ戦いもせずに来ちまったが、竜《りゅう》の時の二《に》の舞《まい》になりそうだぞ。全滅必至だ。たぶん何回やっても同じことだと思うぜ」

「僕もそう思いますね」

珍《めずら》しく古泉が俺の肩を持つ。こいつはこいつで酒場で弾《ひ》いてた以外何にも使用していない竪琴《たてごと》を後生大事に抱《かか》えたままで、

「正面からの正攻法《せいこうほう》が通用するような相手ではないと思われます。何と言っても魔王ですからね。おそらく城の内部は強力な怪物《かいぶつ》や罠《わな》で一杯《いっぱい》ですよ。魔王の座まで辿《たど》り着けるかどうか」

「でしょうね」とハルヒ。まったく動じていない証拠《しょうこ》に、微笑はそのままだ。

「…………」

長門は何も言わない。ぽつねんと立っている影《かげ》の薄《うす》い姿は、いつものようにイエスもノーもなく一団の中に咲《さ》く控《ひか》え目な冬の花のようだった。

「平気よ」

ハルヒは自信あり気に力強く答えて、さっきからぶるぶる震《ふる》えつつ縮こまっていたマント姿の上級生を引き寄せた。

「ここはみくるちゃんに何とかしてもらうから」

「ええっ？」

のけぞって驚く朝比奈さんの肩に手を回して、ハルヒはセキセイインコに言葉を教えるような口調で、

「いい？　あなたは魔法使いなのよね。それも勇者グループに加えられるくらいだから、きっと世界の誰《だれ》よりも強力な魔法が使えるに違いないわ。確信してるの、あなたなら出来るってね。潜在《せんざい》能力はピカイチのはずよ。後は覚醒《かくせい》すればいいだけのことだわ。さ、みくるちゃん、あなたの秘められた潜在能力を今ここで解放しちゃいなさい。超《ちょう》強力なヤツを、どかんと遠慮《えんりょ》なくあの薄汚《うすぎたな》い城にたたき込むのよ」

「で、でも……」

朝比奈さんはおろおろと両手でマントを握り、ハルヒと魔城を代わる代わる見つめる。

「あたし、あんまり魔法知らなくて……。せいぜい耳を大きくするくらいしか……」

「自分を信じなさい」

　時と場所を選びさえすれば非常にタメになるフレーズだが、時や場所なんかに配慮《はいりょ》しないのがハルヒだから、これまたハルヒらしいと言えなくもない。

「みくるちゃんはやれる。あたしが選んだんだから絶対よ。あなたはスゴい娘《こ》なのよ。可《か》愛《わい》くて性格よくてちょっぴりドジな魔法使い、うん完璧《かんぺき》」

　ピンと伸ばした指が魔城に向けられた。

「究極のみくるマジック、今こそ発揮の時が来たわ。覚悟《かくご》はいいかしら？　さあ、みくるちゃん、何でもいいから魔法を使うの」

「は、はいっ……！」

　朝比奈さんは目を閉じてうつむき、なにやらモゴモゴと呪文《じゅもん》らしき言葉を唱え始めた。

　ハルヒは子ヤギを見守る羊飼いのような目でそれを見守り、俺は普段《ふだん》から朝比奈さんを見ては守っている。古泉がどんな目をしているのかはそっちを見ていないので解《わか》らんが、ぼんやりしていた長門が不意に目を見開いたのだけは視界が捉《とら》えた。

　どうした？　と尋《たず》ねる前に——。

　朝比奈さんによる超弩級《どきゅう》の魔法が炸裂《さくれつ》した。

「メテオバーストとデビルクエイク、その二つの魔法《まほう》効力を同時発動したようですね」

そう解説したのは古泉だった。

「酒場で聞いた噂話《うわさばなし》の中にありました。そういう伝説の魔法が神話にあったそうです。どちらも取得には失われた太古の知識と神クラスのマジックポイントがいるとのことでしたが、朝比奈さんはやすやすと限界を突破《とっぱ》してしまったようです」

突破しすぎだ。ゲームバランスもへったくれもない。何もこう、一撃《いちげき》ですべてを吹《ふ》っ飛ばさなくてもいいじゃないか。

「いいじゃん」

ハルヒだけはどこまでも脳天気だ。底抜《そこぬ》けに明るく、任務達成を喜んでいるようである。

「さっすが、みくるちゃんね。これくらいのことはすると……まぁ、うん、ちょっと予想外だったけど、嬉《うれ》しい誤算ってやつだわ」

賞賛されるままの朝比奈さんは、自分のしでかしたことに青くなって今にも卒倒《そっとう》せんばかりである。

「あわわ……ひええ」

　俺たちは小高い丘《おか》の上にいた。さっきまでいた場所、というか魔王の城を含《ふく》めた大体半径三十キロ四方には何もなかった。きれいサッパリと巨大《きょだい》なクレーターが口を開けている。恐《おそ》るべきは究極の朝比奈魔法最終奥義《おうぎ》だ。そのままでは俺たちもまた原子の塵《ちり》となっていたところだが、そこは長門が助けてくれた。何千発もの隕石《いんせき》群と直下型強力地震《じしん》が魔城一帯に襲《おそ》いかかる寸前、長門は猛《もう》スピードで俺たち全員を細腕《ほそうで》で担《かつ》ぎ上げると、瞬間移動に限りなく近い速度で走り出し、この丘の頂上まで連れてきてくれたのだった。さすが盗《とう》賊《ぞく》、逃《に》げ足が速い……などと悠長《ゆうちょう》に感心していていいものか。

「…………」

　長門は呼吸一つ乱さず、無感動な瞳《ひとみ》で煙《けむり》と炎《ほのお》をあちこちから噴《ふ》き出す矩形《くけい》の穴を見つめている。

　こうして魔王は根城ごと消し炭となった。めでたしめでたし……か？　何か忘れているような気がするが。

「さあ、帰りましょ」

　余韻《よいん》も何もなくハルヒは成し遂《と》げた感溢《あふ》れる笑顔《えがお》で、

「財宝は残念だったけど、吹き飛んじゃったもんはしょうがないしね。魔王を倒して世界はちゃんと救ったし、王様も満足でしょ。凱旋《がいせん》帰国よ。さっそく戦勝パーティの企画《きかく》をしなきゃ」

　そんなものは自分で企画するんじゃなくて開いてくれるのをさり気なく待っているものだ。場所も例の居酒屋ではなく、王宮の広間で大々的に——。

　いや、ちょっと待てよ。帰る場所はそこじゃないだろう。魔王は倒した。だったら、これで条件クリアだ。ＲＰＧならそろそろエンディングテーマが流れなくちゃおかしい。そして、俺たちも元の世界に戻《もど》らないとおかしいぞ。

「ミッションインコンプリート」

　長門が呟《つぶや》くように言って俺に顔を向けた。どういうこったと目を剝《む》く俺に長門は淡々《たんたん》と、

「ペナルティが科せられる模様」

　なおさら意味が解らず、俺が旗竿《はたざお》のように立っていると、いきなり周囲の風景が劇的に変化し始めた。森や山々がぐずぐずと崩《くず》れていき、暗い夜空がとんでもない勢いで広がっていく。夜空？　それどころじゃないな。なんせ星が瞬《またた》いてないのにプラスして、三百六十度どこを見ても星だらけ。

「…………」と俺と長門と古泉と朝比奈さん。

　またしても言わねばならない。ファンタジー世界に紛《まぎ》れ込んでしまった最初に感じたのと同じことを。

「なんだ、これ」

ふと――こればっかりでイヤになるのだが他に言いようもない――気づけば、俺たちは宇宙空間にいた。操縦桿《そうじゅうかん》みたいなものを握《にぎ》っている自分を確認《かくにん》し、やっとの思いで視線を巡《めぐ》らす。どことなくレトロフューチャーな機器に囲まれた宇宙船のコクピットの中で、何とも言いかねるコスチュームをまとったハルヒと長門と朝比奈さんが目に留まった。やたらと肌《はだ》を露出《ろしゅつ》した格好の三人娘は、それぞれに魅惑《みわく》的なポーズを取っていた。

「おやおや」

俺の横で吟遊《ぎんゆう》詩人から宇宙船のパイロットに早変わりした古泉が含み笑いを漏《も》らしつつ、

「今度は宇宙パトロール隊に配属されてしまったようですね。第二ステージと言ったところでしょうか？」

俺に聞くなよ、そんなもん。ミッションインコンプリートのペナルティがこれか？　今度は何をさせようと言うんだ。

『聞こえるか、広域銀河観察機構パトロール部隊所属のハルヒチーム』

目の前のコンソールが渋《しぶ》いおっさんの声で喋《しゃべ》り始めた。何となくあの王様の声に似ている感じがしてイヤな予感が走り抜ける。

『こちらは第五銀河分離帝国《ぶんりていこく》、余がその皇帝である。とある悪逆なる宇宙海賊に我が王子と姫《ひめ》が連れ去られた。ヤツらは銀河の破滅《はめつ》を望んでいる。頼《たの》む。彼奴《きやつ》らの野望を打ち砕《くだ》き、我が子らを取り戻してはくれまいか』

「オッケー」

と、ハルヒは即答《そくとう》した。

「宇宙海賊をやっつけるくらいはロハでいいわ。あたしたち銀河パトロールの仕事だもんね。お子さんのことも安心して大船に乗ってなさい。今度こそ、きっと助けてあげるから」

なるほど、それを忘れていたな、それ故《ゆえ》の、これが第二回戦ってわけか……なんてしみじみしている俺の肩《かた》を、ハルヒは盛大にどやしつけた。近所のどの星よりも明るい笑顔で、

「行くわよ、キョン。わっるい海賊を追って、宇宙の果てまでねっ！」

しかたがない。行き先が宇宙の果てだろうとリングワールドだろうと、どうにも隊長の命令には逆らえそうにはないし、第一、さらわれ癖《ぐせ》のある王子と姫様を救出しないと終《しゅう》了《りょう》条件が整わないらしいからな。

だが、まさか第三面まで行きやしないよな？　次は西部劇でガンアクション――なんつうのは勘弁《かんべん》してくれよ。

「エンジン全開、最大船速!!」

ハルヒがそう叫《さけ》ぶのを聞きながら、俺はやけ気味に操縦桿を思いっきり押し込んだ。

次にふと気づいたとき、部室でお茶でも飲んでいるシーンであることを祈《いの》りながら——。

SOS
act.2 ギャラクシー篇

何が何だか解《わか》らない、というのが正直な感想である。

SOS団の五人が揃《そろ》いも揃ってふと気がついたら中世ヨーロッパ風の世界にいるという、異世界転移ものの登場人物になったような状況《じょうきょう》に陥《おちい》ったかと思いきや、実際はチープなファンタジーRPGだったらしく、しかし誰かに敷《し》かれたレールに沿って進むことを潔《いさぎよ》しとしない勇者ハルヒとその一味と化した俺たちはレベル1からまったく成長しないまま、おそらくメインクエストのフラグになっていただろうお使いクエストをすべてすっ飛ばし、奪還《だっかん》を依頼《いらい》されていた囚《とら》われの王子と姫ごと魔王《まおう》とその根城を吹き飛ばしてしまった結果、何者からか任務の失敗判定を受け、罰《ばつ》ゲームとして別の世界に飛ばされて、今度は銀河が舞台《ぶたい》である。世界観のあまりの落差に認識能力が風邪《かぜ》を引きそうだ。

そして、つくづくこう思う。

一体俺たちは何をやらされているんだ？

ここは、この『世界』は何なんだ？　俺たちは今どこにいるんだ？

推理好きの古泉《こいずみ》は「何らかのゲームじゃないか」と言い、知恵袋《ちえぶくろ》である長門《ながと》は「シミュレーション空間の可能性が高い」と述べていた。あまり気にしていなそうな朝比奈《あさひな》さんは「テーマパークのアトラクション」だと思っているらしかったが、どう考えても長門が一番の正解を言い当てている感じがする。

誰《だれ》かが俺たちを適当な世界に放り込んで何かをシミュレートしているんだとしたら、助走を付けてからのアッパーをかましてやりたいくらい業腹だが、ミッションとやらを達成させれば状況が改善して元の日常に戻っている自分たちを発見するかもしれない。というか、今のところ手掛《てが》かりがそれしかない。

ＲＰＧ回同様、この世界でもコンプリート条件が設定されているようで、それがまたもや王子と姫君の奪回《だっかい》らしい。要は舞台装置が中世ヨーロッパもどきから宇宙空間になり、魔王が宇宙海賊《かいぞく》になっただけである。同様に俺たちの身分も伝説の勇者とか吟遊詩人等から遠未来的なものにシフトして、今や『広域銀河観察機構パトロール部隊所属のハルヒチーム』という、果てしなく胡散臭《うさんくさ》いものになっており、それに伴《ともな》いどうやら俺は宇宙艇《てい》の操舵《そうだ》要員ということになっているようだった。

なんたって、どう見ても操縦桿としか思えない棒を握って操縦席に座ってんだもんな。目の前のスクリーンには瞬かない星々がわんさか連なり、これ以上ないほど現場が宇宙であることを教えてくれている。宇宙旅行は俺が幼い頃《ころ》に抱《いだ》いていた夢の一つだったが、なんだかやけに安易に叶《かな》っちまったぜ。

まったく何の下準備もせずに宇宙に出ちまうとは、日々血の滲《にじ》むような訓練をしているであろう宇宙飛行士の方々に申しわけの言葉もない。

もっとも、これが現実の宇宙かどうかは知れたことではなく、どちらかと言えば別の意味の夢である可能性のほうが高いので、星の大海を眺《なが》めて喜びに目を輝《かがや》かせたりしなかった。童心を失ってしまったというよりは、むしろこの事態に対して諦観《ていかん》の領域に足を踏《ふ》みこんでいるせいだろう。

「さ、キョン」

ハルヒの陰《かげ》のない夏場の陽気のような声が、俺の背中を打った。

「さっさと宇宙海賊を殲滅《せんめつ》して、人質をかっぱらってきましょ。全速前進、マッハで！」

振《ふ》り向くと、この宇宙艇のブリッジだかＣＩＣだかの全容が嫌《いや》でも目に入る。

宇宙艇と言いつつ、この乗り物はそんなにデカくはなく、この操縦スペースもちょうど文芸部部室くらいの広さだ。最後列の一段高いシートにハルヒが座っていて、ちなみにその席には『隊長』と刻印されたプレートがついていた。

ハルヒの顔は底抜けに元気そのもの、衣装《いしょう》もやたらとカラフル、かつ肌が露出したもので、どう目を泳がそうとスタイルのよさが如実《にょじつ》に伝わってくる。そんな格好をしていることに少しは疑問を覚えないのか、こいつは。

どこかノスタルジーを感じる海外ＳＦ的コスチュームをまとったハルヒは、

「とりあえず海賊の巣まで一直線に行きなさい。そしたら後は簡単よ。親玉のところに乗り込んで――」

と、腰《こし》のホルスターからブリキのオモチャみたいな光線銃《じゅう》を引き抜いて、

「これでドンパチすればすぐに終わるでしょ。ついでに溜《た》め込んでるお宝もいただいて、元の持ち主に返してあげましょう。きっと感謝されるわ」

光線銃を振り回して言うのはいいが、うかつに引き金を引かないでくれよ。俺は光速で飛んでくるビームをかわせるほど動体視力がよくないからな。

「安心しなさい。撃《う》つのは海賊よ」

ハルヒはすちゃっと銃をホルスターに戻し、

「だからね、キョン。早く海賊の巣まで行くの。この宇宙艇、ちゃんと動いてる？　外の風景が全然変わらないけど」

なぜかアナログチックなスピードメーターによると精一杯《せいいっぱい》の速度で飛んでるはずだぜ。風景が変化しないのは、ここが広大な宇宙空間だからさ。

「まあ、それはいいんだがな」

俺は首を振りながら、

「どっちに向かって進めばいいんだよ？　海賊ってのは、いったいどの辺に巣を作ってやがるんだ？」

「さあ」

ハルヒは迷いなく返答した。

「知らないわ。有希《ゆき》、知ってる？」

水を向けられた長門は、無言のままゆっくりと首を傾《かし》げた。ちなみに長門は側面にもうけられた席に座っていて、ここでの役割はレーダー要員か何かのようだ。

「…………」

ハルヒと同じコスチュームに身を包んだ長門はコンソールをちょこっといじくり、言葉を注意して選ぶように、

「全方位索敵モード。情報収集中」

とだけ答えた。

「なるべく早くお願いね。ちゃちゃっと仕事を片づけて惑星《わくせい》観光したいから」

ハルヒは隊長席にふんぞり返り、長門と反対側の側面シートに目をやった。

「みくるちゃん、お茶ちょうだい」

「あ、はい」

これまた無体な衣装に身を包んだ朝比奈さんが立ち上がり、後方の自動扉《とびら》に姿を消したかと思うと、すぐに人数分の湯飲みを盆《ぼん》に載《の》せて戻《もど》ってきた。何となくチューブに入っ

隊長
SOS

た物を予想していたのだが、この宇宙艇内には人工重力が効いているのでちゃんと普通《ふつう》のお茶が飲めるのである。まったく、仕組みを知りたいものだ。

「どうぞ、お茶です。ええと、パックには惑星ドンガラ産の煎茶《せんちゃ》って書いてありました。うふ。味見したら不思議な味がしましたよ」

嬉《うれ》しそうに配膳《はいぜん》してくれるのはいいが、朝比奈さんは本来ここでは通信士のはずである。しかし、お茶くみ要員のほうが似つかわしいし俺もホッとするので、まあいいか。

「お茶もいいのですが」

優雅《ゆうが》なティータイムに水を差したのは古泉である。

「目的地に向かうにはまず我々の現在位置を特定しなければなりません。宇宙は広大ですからね」

俺のすぐ横にいるのだが、古泉のほうはなるべく見たくない。なぜなら古泉が着ているパイロットスーツみたいな服は俺のものと同一で、こんな格好をしている自分に深い疑問を感じずにはいられないからである。

古泉は部室にあるのとそっくりの専用湯飲みから口を離《はな》すと、コ・パイロット席のコンソールを指し示し、

「一通りいじっているうちにこの宇宙の星図が表示されました。それによると、我々は第

五銀河分離帝国《ぶんりていこく》という星間国家の辺境地帯にいるようです」

　そういや皇帝とか名乗ったどっかで聞いたことのあるような声がそんなこと言ってたな。

「へえ」

　ハルヒはズルズルとお茶を啜《すす》りながら、

「で、海賊の巣は？」

「それがよく解りません」

　古泉は片手でパネルを操作し、モニタに多数のウィンドウを表示させつつ、

「国家の数が非常に多い上に、未探査になっている箇所《かしょ》がほとんどありません。組織的な海賊が身を潜《ひそ》めていそうな宙域……サルガッソースペースとかを探してみたんですが、現時点では発見できませんね」

　割合、愉快《ゆかい》そうに告げる古泉だった。何が楽しいのか知らんが、俺は悠長《ゆうちょう》に茶など飲んでいる場合じゃないと思うぞ。いつになったらこのリアルな夢とも体感ゲームともつかない事態は収束してくれるんだ。

「もちろん、依頼された用件が解決したらでしょう」

　俺に笑《え》みを見せておいて、古泉は解説を続行。

「まず宇宙の歴史を学ぶとしましょうか。僕たちに助けを求めてきた方は、第五銀河分離帝国の皇帝陛下とのことでした。第五とついていることから解《わか》るように、この宇宙には他にも銀河帝国《ていこく》が存在するようです」

古泉の指の動きとともに、前部スクリーンが星図に変化した。何色にも色分けされた平面図が浮《う》かび上がる。

「最初は一つの帝国が全域を支配していたようですね。それが分裂《ぶんれつ》と独立を繰《く》り返して、今の形に落ち着いたようです。中でも第五銀河分離帝国は比較的《ひかくてき》新参の国家だとデータにありました。他には統一銀河征服《せいふく》帝国、正統銀河帝国亡命政府、銀河帝国連合、神聖銀河帝国、真銀河帝国、真銀河帝国辺境領、銀河帝国独立統合政体、それに――」

「もういい」

俺は遮《さえぎ》った。

「この世界が銀河帝国だらけなのは解った。それで、海賊《かいぞく》はどこだ」

「ええ、それなんですけどね。この船のコンピュータが記録している資料を参照したところ、必ずしも海賊と言えないのではないかと」

「へえ」

ハルヒはどうでもよさそうに、

「どういうこと？」

「なんせ多くの国家が自らが保守本流の銀河帝国であると主張して、領土紛争《ふんそう》に明けくれているわけです。海賊とは名ばかりで、他国の軍籍《ぐんせき》にある艦隊《かんたい》の一部である可能性をコンピュータは示唆《しさ》しています。水面下での軍事行動ですね」

「ふうん？」

解っているのかいないのか、ハルヒは空になった湯飲みを置いて、

「つまり、国ぐるみで海賊やってるとこがあるってわけね。マヌケな王子様とお姫《ひめ》様を誘《ゆう》拐《かい》したのは海賊じゃなくて他の国？」

「ありえることです。そうなるとうかつに手を出せません」

古泉は両手を広げ、

「我々は銀河パトロールなのでね。国家間の外交問題には口を挟《はさ》む立場にないのです。海賊の取り締《し》まりは仕事のうちですが、紛争への介入《かいにゅう》は制限されています」

なるほど、そういうルールなのか。

俺は溜息《ためいき》をつき、

「じゃあ、俺たちは何をしたらいいんだ？　このまま宇宙を漂《ただよ》ってればいいのか」

「もちろん海賊退治。それと依頼《いらい》されたことも忘れちゃいないわよ」

ハルヒは明るく、

「どこの軍艦だろうと関係ないわ。海賊行為《こうい》をするヤツは海賊でいいわけ。ぱぱっと乗り込んで、ささっと撤収《てっしゅう》すればいいだけのことよ。王子と姫が無事ならあの王様も文句は言わないでしょ」

帝国っつってんのに王子ってのも変な話だ。皇子じゃないのか。

「そりゃいいんだがな」

俺は注進する。

「最初の話に戻るが、どこに行けばいいのか教えてくれ。退治しようにも海賊の姿なんか影《かげ》も形もないぜ」

「そうねえ……」

ちょっと考え込む顔をしたハルヒは、思いついたように光線銃《じゅう》を抜《ぬ》くと、銃身横にある目盛りをカチカチといじってからスクリーンに狙《ねら》いを定めた。

「このへん」

銃の先端《せんたん》から飛び出た光がレーザーポインタとなって星図の一カ所を示している。ハルヒは小さく手を動かしながら、

「この際だから勘《かん》でいいわ。思うんだけど、この宇宙って広そうに見えてそうでないよう

な気がするのよね。適当に飛んでたら遭遇《そうぐう》するんじゃない？　怪《あや》しそうなのを片端《かたはし》から捕《つか》まえて尋問《じんもん》してやれば情報を吐《は》き出すだろうしさ」

そんなにお手軽なことになるのだろうか。

「なるんじゃないでしょうか」

古泉はコンソールにハルヒの指名した座標を打ち込み、俺に笑顔を向けた。

「それほど難解なシナリオにはなっていないと思いますよ。クリアが前提になっているはずですからね。放っておいても向こうから何らかのアプローチがあると思われます。前回もそうだったでしょう？」

「まあな」

俺は操縦桿《そうじゅうかん》を握《にぎ》り直し、しぶしぶとうなずいた。

ファンタジー世界でクダを巻いていた俺たちのところに、訪問すべき相手が向こうからやって来たことを思い出す。いろいろなイベントをさっくりと飛び越《こ》えて、やったことと言えば魔王《まおう》城の壊滅《かいめつ》だ。オープニング明けにいきなりエンディングが始まったようなものである。失敗なのはラスボス戦をも省いてしまったことだろう。その過《あやま》ちを繰り返すわけにはいかない。今度は慎重《しんちょう》に、せめてボスキャラの前に立つところまではいかねえとな。

「キョン、ワープ全開！　スキズマトリックス号、全力航海！」

宇宙艇《てい》にテキトーな名称《めいしょう》をつけたハルヒの命令を、素直《すなお》に実行する俺だった。

なにしろハルヒの勘のよさは最早《もはや》疑いを得ない予言の領域にあり、こいつが指し示す場所を目指せば望もうと望むまいとけったいなシロモノと鉢合《はちあ》わせすることを、すでに俺は死んでも忘れないほどに知らされていたからである。

なわけで、俺は操縦スティックを操作してワープの準備に入った。不思議とやり方はすぐに解ったので問題ない。説明書がなくてもある程度やってるとゲームのプレイ方法が解るだろ？　あんな感じ。

「スキズマトリックス号、ワープ全開」

俺はやけ気味で復唱し、無意味にサイバーパンクな命名をされた宇宙艇は超《ちょう》光速空間へ突入《とつにゅう》した。

うへ。酔《よ》いそうな景色がスクリーンに広がってる。グニャグニャした蛍光《けいこう》色の渦《うず》巻《ま》き模様というか、ＳＯＳ団のサイトにある珍妙《ちんみょう》ロゴマークもどきというか。ともかく、さすがワープということだけはある。ガキのころ観《み》てたアニメそっくりの描《えが》かれ方に感動すらしていると、

「お茶いかがですか？」

朝比奈さんが陶製《とうせい》ポットを片手に寄ってきて、にっこりと微笑《ほほえ》んだ。

未来では宇宙に飛び出てワープすることなど日常茶飯事《さはんじ》なのかと疑うほどの普通ぶりだが、そんなこともないだろうな。部室にいる程度の気軽さでおられる朝比奈さんに、俺は安らぎすら覚えながらありがたくお茶のおかわりをもらうことにした。

さて、この船が行き着く先にはいったい何が待っているのかね。

光線銃の撃《う》ち合いをうずうずして待ちかまえているハルヒ、じっと黙《だま》り込んで全身からレーダー波を放っているような長門、すっかりゲームプレイヤー気分の古泉、まるで空気を読めていない朝比奈さん、そして俺、というＳＯＳ団クインテットを乗せ、宇宙艇は人類に残された最後のフロンティアを疾走《しっそう》するのだった。一路、海賊の巣を目指して──。

──で、その一時間後。

まあ、そんな簡単に見も知らぬ海賊の巣とやらに到着《とうちゃく》するはずはないと思っていたが。

俺は操縦桿をレバガチャしながら、次のような言葉を発していた。

「どうなってんだ？　こりゃ」

「見ての通りですね。どうやら捕まってしまったようです」

古泉が肩《かた》をすくめ、

「トラクタービームに捕捉《ほそく》されています。身動きができません」

ハルヒ隊長の命令を忠実に実行した我らが乗艦スキズマトリックス号は、寸分の狂《くる》いもなく銀河の真ん中にワープアウトしていた。

その瞬間《しゅんかん》、スクリーンいっぱいに広がったのは満天の星々と、その星空を覆《おお》い隠《かく》すほどに展開された大艦隊だった。

いったい何隻《せき》いるのか見当もつかない。大中小取り混ぜて見渡《みわた》す限りに先鋭《せんえい》的なフォルムの宇宙艇がずらずら並んでいやがる。

通常空間に復帰していきなりそんなものを見たもんだから当然、俺は驚《おどろ》いた。が、その謎《なぞ》の大艦隊のほうも驚いたらしい。玉突《たまつ》き事故のような接触《せっしょく》をする艦が多数発生し、しばらく騒然《そうぜん》としていたが、示し合わせたように艦首をこちらに向けると妙《みょう》な色のビームを発し、その途端《とたん》、スキズマトリックス号は自由を喪失《そうしつ》し、コンソールがピロピロと警告音を鳴らし始めて、まだ鳴ってる。

「うるさいわねえ」

ハルヒはチョコバーのような宇宙食をかじりながら眉《まゆ》をひそめ、

「この変な音、止めてちょうだい。それから向こうの艦隊の責任者を呼び出しなさい。どんな連中なの？　こいつら。あんまり海賊って感じはしないけど」

これが海賊だったら大いに困るね。ちゃちなパトロール船一隻対戦闘艦《せんとうかん》万単位だ。何をどうやったら勝てるというのだろう。朝比奈さんの無茶な魔法は真空でも使えるのか？

電子ミュージックのような警告音が鳴り響《ひび》く中、今は通信士兼《けん》給仕役の朝比奈さんはアタフタと自席の前のタッチパネルを操作して、

「ええと、えと。どうやったらいいんですかぁ？」

ただオロオロとするばかりであった。それもそうか。ここでは魔法使いではなさそうだしな。

「ロックオンされたことを示すアラームですね」と古泉が悠長《ゆうちょう》に、「通信なら向こうから入れてくると思いますよ。僕たちの登場を相当不思議がっている様子が見受けられます」

ガス警報器みたいなアラームを止めたのは長門だった。といっても自分の前のコンソールをさっと一撫《な》でしただけだが、この宇宙艇と相性がいいのか、機械は素直に沈黙《ちんもく》する。

ほぼ同時に、前面の大型スクリーンにどっかで見たような気がする爺《じい》さんが映った。上半身しか観察できないものの、何となく軍服っぽいものを着ているのはすぐに解る。

『抗議《こうぎ》する』

その爺さんは見事なしかめ面《づら》で、

『もう少しで重大な事故になるところじゃったぞ。ドライブアウトのポイントが我が艦艇

と重なりでもしていれば、大質量爆発《ばくはつ》が起こっていたであろう』

　見たことがあるのもうなずける。その爺さんは、森の賢者《けんじゃ》と名乗った怪しい爺さんに酷《こく》似《じ》していたのだ。

『広域銀河観察機構が何の用だ。ここいらの宙域にはめぼしい惑星《わくせい》などないはずだが』

　うん？　なんかこの爺さん、妙にそわそわしてないか？　俺たちを迷惑《めいわく》そうに思っているのはあからさまに感じたが、何か後ろめたそうにしているのがありありだ。

　ハルヒが黙って聞いていたのはチョコバーもどきを食っている最中だからだった。そして食い終えてから、

「そっちこそ何者よ。人にものを訊《き》くときはまず自分から名乗りなさい」

　ハルヒは口をパカリと開ける独特の笑《え》みを作る。

「こっちが広域なんちゃらのパトロール隊ってのは解ってんのよね？　で、そっちは？」

『我々は新本格銀河帝国《ていこく》所属、第三宇宙機動艦隊《かんたい》じゃ。わしは艦隊司令の――』

　爺さんの名乗りを最後まで聞かず、

「じゃあ、こっちの質問の番。こんなとこで何してんの？　けっこうな数の船が並んでるけど」

　ハルヒの詰問《きつもん》に、爺さんは気圧《けお》されたように目を逸《そ》らし、

『……軍事演習じゃ。解《わか》ったらそうそうに立ち去れい』

俺が思ったのだから、ハルヒにだって伝わっただろう。案の定、

「怪しいわね。戦争ごっこの練習ならもっと堂々としてたらいいのに、なんか態度が変だわ。古泉くん、ここどこ？」

古泉は眺《なが》めていた手元の計器から目を上げ、

「第五銀河分離帝国と新本格銀河帝国の国境付近、現在位置は後者側の領域ですね。確かに正規の航路から外れているので演習にはもってこいですが……」

ナレーターをやらせたら天下一品のヤサ男は、

「大規模すぎますね。それにこの艦隊の針路は僕たちの依頼主である第五銀河分離帝国への迂回《うかい》路にあたります。ついでにコンピュータのデータをさらってみましたが、この時期にこんなところで軍事演習がおこなわれているというスケジュールは確認《かくにん》できません。少なくとも広域銀河観察機構は把握《はあく》していないようです」

「ははーん」

ハルヒの比類なき直感力が答えを出したようだった。

「戦争の練習じゃなくて、本番をしようとしてんのね。それも宣戦布告もなしに」

スクリーン内の艦隊司令爺さんはバツが悪そうにたじろいだが、

『何を根拠《こんきょ》にそのようなことを言うのじゃ。仮にそうだとしても銀河パトロールに内政干《ないせいかん》渉《しょう》の権限はないはずじゃろう』

「そうかもしんないけど」とハルヒ。「見ちゃったものはしかたがないじゃない？　相手の国にあんたらが戦争しかけようとしてますよって、うっかり教えちゃうのは自然のことよね。現にあたしは言いたくてたまらないしさ」

『そ、それは困る……いや、待て、待て』

爺さんは慌《あわ》てたような身振《みぶ》り手振り。

どうやら俺たちは、隠密侵攻《おんみつしんこう》航行している艦隊のど真ん中にワープアウトしちまったようだ。なんだか面倒《めんどう》くさいことになってきた。

「ま、いいわ」

何がいいのか知らないが、ハルヒは猫《ねこ》笑いを浮《う》かべつつ、

「あたしたちが興味あるのは宇宙海賊《かいぞく》だけだし、戦争なんてくだらないことやんないほうがいいとは思うけど、見逃《みのが》してあげる」

老艦隊司令は大げさに胸をなで下ろす。しかし、

「でも条件があるわ」

ハルヒは隊長席から身を乗り出し、

「海賊の根城がどこにあるか教えてくんない？　あたしたちが追っているやつ」

『海賊じゃと。ふむ、よろしい。快く情報を提供しようではないか』

爺さんは愛想がいい。よほど俺たちを追《お》っ払《ぱら》えるのが嬉《うれ》しいようだ。

『海賊と言っても多種多様じゃぞ。どの商船団を襲《おそ》ったヤツじゃ？　この近隣《きんりん》で最も勢力の大きいのはキャプテンビヨンドの率いるアッパーグラウンドパイレーツじゃが』

「えーとね、なんかの誘拐《ゆうかい》犯よ。古泉くん、何だっけ」

「正体は不明ですが」

古泉はなぜか面白《おもしろ》そうに爺さんを見つめながら、

「第五銀河分離帝国の王子と姫君《ひめぎみ》をさらった海賊ですよ」

「そう、それ」

ハルヒはビシッとスクリーンに指を突《つ》きつけ、

「その海賊よ。どこに行ったら会えるか知らない？」

『う……』

途端に老司令の顔がひきつった。この爺さん、偉《えら》い立場にありながら自分の感情を押し隠すことが実にヘタである。

『知らぬな。初耳じゃ』

「うそね」

俺に通用しないものがハルヒに通用するわけもなく、

「知ってますって顔に書いてあるわよ。てゆうかさ、どうしてすっとぼけようとすんの？」

ハルヒの笑顔《えがお》は無邪気《むじゃき》のようでいて、色々な意味を含《ふく》んでいるのが俺には解る。重ねて言うが、こいつの勘《かん》は研《と》いだ日本刀の切っ先よりも鋭《するど》いのだ。

「ははーん。読めたわ」

ハルヒは自信満々に、また勝ち誇《ほこ》ったように、

「誘拐犯ってあんたたちでしょ。海賊船に擬装《ぎそう》した軍艦使ってやったのね。他の国の王子と姫を拉致《らち》って何をしようって……、あ。なーる。戦争の大義名分ってやつね。王子様たちを旗印にして第五なんちゃら帝国を攻《せ》めちゃおうって腹なんでしょ。あんたんとこに亡命したことにして、親元に反旗を翻《ひるがえ》したってシナリオね」

挑戦《ちょうせん》的なハルヒの目が気の毒な爺さんを捕捉して離《はな》れない。

「銀河帝国がいっぱいって聞いたときから何となくそうじゃないかって思ったのよ。宇宙海賊なんて漠然《ばくぜん》としすぎてるものね」

『むむ……』

艦隊司令は汗《あせ》をたらーりと流し始めた。図星らしい。

「すごい偶然《ぐうぜん》だわ。たまたま出くわした艦隊がそうだったなんて！」

いかにもラッキーってな顔してるが、これが偶然なんだとしたら確かにすごいとしか言いようがねえな。

「手間が省けたってもんよ」

ぜんぜん不思議がっていないハルヒは、

「そうとなったら話はすぐ終わるわ。さ、早く王子と姫をよこしなさい。あたしたちはそいつらを親元に送らないといけないから」

『それは、できん』

アブラを採取されている最中のガマのようだった艦隊司令の爺さんは、ついに開き直ったのか、

『そこまで読まれていてはしかたがあるまい。お前たちをここで解放することはできん。ましてや王子と姫を引き渡すこともな。我々の作戦行動が終了《しゅうりょう》するまで、大人しくしていてもらおう』

犯行を告白するや、爺さんはスクリーンからフェードアウトした。

おいおい、口封《くちふう》じにここで撃沈《げきちん》されるんじゃないだろうな。ハルヒもハルヒだ、バカ正直に思ったことをそのまま口に出してどうする。ここは解った上で知らないふりをすべき

だったんじゃないか？　俺が先行きを大いに不安がっていると、

「おっ？」

がくん、とスキズマトリックス号が動き出した。言っとくが俺は操縦していない。勝手に動いてやがる。なんだ、これ？

「牽引《けんいん》ビームですよ。あの戦艦《せんかん》に引き寄せられています。僕たちを拘束《こうそく》するつもりなんでしょう」

古泉が悠長に解答を出した。その通り、俺たちの乗っている宇宙艇《てい》が向かっている先には、巨大《きよだい》で未来的なフォルムの宇宙船があって、艦底部のハッチみたいなものを開きつつあった。

「あれが旗艦ですね」と古泉がフォロー。「戦争が始まるまで、僕たちを閉じこめておくことにしたようです」

そんな解説はいい。どうにかならんのか。

「むしろこれはチャンスかもしれませんよ」

古泉は指で唇《くちびる》を撫でながら、

「僕たちの目的は誘拐された二人の奪回《だつかい》です。その二人はあの艦隊のどこかに監禁《かんきん》されているはずですから、これで自《おの》ずと行動をともにすることができます。問題は――」

　ふっと古泉は微笑《ほほえ》んで長門へ目線を送った。

「王子と姫がどの艦にいるのかということですが、それも何とかなるでしょう。調べたら解ることです」

「…………」

　長門は唇を結んだまま、自分の前のコンソールを見つめている。今はこの宇宙艇のレーダー係となっている長門だが、コンソールの計器よりも長門本体のほうがよほど探査に適しているだろう。ファンタジー世界ではシーフの役回り、しかしここは長門の本場というべき宇宙だ。期待してもいいかもしれない。

　そしてこいつも、全身から根拠不明の期待を抑《おさ》えきれないようで、

「あちこち星に立ち寄って情報集めないといけないかなって思ってたけど」

　ハルヒはホルスターから光線銃《じゅう》を抜《ぬ》いたり入れたりしながら、

「案外あっさりいったわね。思った通りよ、うん。いい作戦思いついたし」

　その作戦とやらが俺にも解っていた。ハルヒは何があってもドンパチをしたいのだ。こいつがそれをするということは、自動的に俺もしないといけないということでもあり……。

　ＲＰＧ世界で魔王《まおう》の城へ至るクエストを地道にやってレベル上げをしていたほうが楽だったかもしれん。

俺はシートに身をもたせかけつつ、迫《せま》り来る戦艦の偉容《いよう》を溜息《ためいき》まじりに見上げた。

「ピノキオになった気分だ」

こうしてスキズマトリックス号は敵艦内に潜入《せんにゅう》しおおせた。何という行き当たりばったりな成り行きだろう。しかもこれが正答くさいのだから夕チが悪い。本当ならもっと宇宙を駆《か》けめぐって伏線《ふくせん》を回収しなければならなかったような気がするが、決して気の長いほうではないハルヒらしい途中《とちゅう》をごそっと端折《はしょ》った展開だ。まあレベル1でラスボスの前に並ぶよりはマシか。


さてと。だいたい解ると思うが、ハルヒの作戦とはこうであった。

「首尾《しゅび》よく旗艦に潜《もぐ》り込めたわ。もう後は簡単。ここから艦橋までダッシュで行ってさっさと制圧するの。さっきのお爺《じい》さんを縛《しば》り付けて、王子様とお姫様を解放するように要求すればいいわ。その二人がいなくても戦争はできるだろうし、銃撃戦《じゅうげきせん》もできそうだし」

それでうまく行ったら簡単すぎるな。

俺は巨大戦艦の内部にあって軟禁《なんきん》状態にある宇宙艇の窓から外の様子をうかがった。見た感じ、ここは小型宇宙船の発着場のようだ。シャトルとか連絡艇《れんらくてい》みたいなものがずらずらと並んでいる。まるで護衛付きの高級有料駐車場《ちゅうしゃじょう》だな。

他の船と違《ちが》う待遇《たいぐう》を受けている点としては、レーザーライフル（多分）を構えた兵士たち（ＳＦ超《ちょう》大作映画に出て来るクローン兵に酷似《こくじ》してる）に、ぐるりと取り囲まれているところだった。

「おい、ハルヒ」

光線銃を握《にぎ》りしめて席を立とうとしているハルヒに、

「このまま出て行ったら蜂《はち》の巣《す》だぜ。あの爺さんのところに行くまでに身体《からだ》中が焦《こ》げ跡《あと》だらけになりそうだ」

「そんなの、気合いでかわしたらいいじゃない」

繰《く》り返すが、光速で飛んでくるものをひょいと避《さ》けられるほど俺は器用じゃない。

「そそそうですよー」

朝比奈さんが久しぶりに口をきいた。ふるふると震《ふる》える声で、

「あっ危ないです。ここでじっとしてお茶を飲んでいたほうが……」

「だぁめ」

ハルヒは朝比奈さんのありがたい意見を一蹴《いっしゅう》し、

「それじゃあたしが面白くないもの。いい？　あたしたちは正義の銀河パトロールなのよ。

悪いやつらは薙《な》ぎ倒《たお》さないといけないの。誘拐犯の分際であたしたちを監禁するなんて、許せるわけないでしょ」

そう言いつつ妙《みょう》に楽しげなハルヒだった。表情とセリフの内容が合ってない。ただ大暴れしたいだけだろう。

「それはそれとして、少し待ってください」

いつのまにか長門の横に立っていた古泉が、

「今、長門さんに調べてもらっています。かの王子と姫の居場所をね」

見ると、長門はコンソールのパネルにゆっくりとした動きで指を這《は》わせていた。操作の仕方が俺にはさっぱり解《わか》らないが、ガラス板みたいな平面ディスプレイに細かい文字が高速でスクロールしている。やがて、

「いた」

ぽつりと呟《つぶや》き、長門は指を止め、スクロールも止まった。

「何を調べてたの？」とハルヒ。

「乗員名簿《めいぼ》です」と古泉。「この艦《かん》の中枢《ちゅうすう》コンピュータに侵入《しんにゅう》するよう長門さんに頼《たの》んだんですよ。さすが長門さん、容易にやってのけてくれますね」

感心している割には苦笑い気味で、

SOS

「おかげで解りました。ほとんどの乗員は軍籍《ぐんせき》にあることがね。そして余剰《よじょう》の人員を二名ほど積んでいることもです。ひょっとしたらと思いましたが、まさか僕たちと同じ艦にいるとは」

そこで古泉は振《ふ》り返り、俺とハルヒを眺《なが》めて、

「王子と姫《ひめ》はこの艦に軟禁されています。王族だからでしょうか、賓客待遇《ひんきゃくたいぐう》ですね。ちゃんとした部屋で保護されているようです」

またしても偶然か。いや、艦隊司令の爺さんがトンマなだけじゃねえのか？　普通《ふつう》、俺たちを同じ艦に収容しようとは思わんだろ。

俺が呆《あき》れていると、長門が何かしたんだろう、スクリーンに戦艦の断面図が表示された。懐《なつ》かしさすら感じるレトロなワイヤーフレームＣＧの一カ所が明滅《めいめつ》している。

「ここが王子と姫のいる船室です」

明滅箇所《かしょ》がもう一つ増えた。

「僕たちの現在地がここ、底部格納庫ですね。ブリッジに行くよりは二人の船室のほうが遥《はる》かに近いですが、どうします？」

「そうね……」

ハルヒはしばし考え込み、

「その二人をかっぱらって逃《に》げるのと、船の制圧だとどっちがいいかしら」

難易度ではさほど変わらない気がするね。たまに忘れるようだが、俺にはお前ほどのスペックはないんだぜ。

スキズマトリックス号の周囲に群れてる兵士をなんとか退けたとしてもだ、王子と姫のところまで行ってまた戻《もど》ってこなくてはならず、制圧を選んだとしてもわずか五人の手勢相手ではスピーディに降伏《こうふく》してくれそうにないし、どっちもどっちだろう。

「では、第三の道を」

と、古泉が策士めいた笑顔。

「せっかくハッキングできているわけですから、これを有効活用すべきですよ。存分にね」

長門が器用なやつでよかったよ。多少、この艦のネットワークセキュリティに御都合《ごつごう》主義を感じないでもないが。ここは遠未来じゃないのか？　コンピュータなんて言葉が現役で通用してるこのざまを何と言うべきか。というか、俺たちはいったい何語で喋《しゃべ》ってることになってんのかね。考えてもしかたのないことだが。

古泉は悪びれたところのない笑みで、

「この艦隊は他国侵攻《しんこう》を目的にしている奇襲《きしゅう》部隊です。おそらく相当気を使って相手に気づかれないようにしていると思われます。電磁波や通信の遮断《しゃだん》とかですね。ならば、気づかれてしまえばいい」

古泉の片手が自席の宇宙マップに向けられ、

「幸いここは目的地である第五銀河分離帝国にほど近い。盛大に騒《さわ》げば、すぐに発見されるでしょう。奇襲に失敗した奇襲艦隊は脆弱《ぜいじゃく》です。艦内も混乱するでしょう。その隙《すき》を狙《ねら》えば王子たちの奪取《だっしゅ》も容易かと」

「じゃ、そうして」

ハルヒは悪徳老中の提案を丸投げする無能将軍のように、

「有希、頼むわね」

長門はゆるくうなずくと、どういうシステムになっているのかさっぱり解らないコンソールを操り始めた。

そしてポツリと、

「全艦、ＥＣＭ作動」

万単位の艦隊が一斉《いっせい》に妨害《ぼうがい》電波を、しかもジャミングするものなど何もないのに喚《わめ》き散らした効果は絶大だった。

どおん、と鈍《にぶ》い振動《しんどう》音に同調してコクピットの床《ゆか》が揺《ゆ》れる。

「大騒ぎだな」

俺は呟きながら、格納庫の風景を見渡《みわた》した。

どこかで回っている赤色回転灯が雑多な小型艇《てい》置き場を赤く染め、第一種戦闘《せんとう》態勢を警告するワーニングサウンドが鳴り響《ひび》いていた。

おっと、また揺れた。着弾《ちゃくだん》だな。

現在、俺たちの乗るスキズマトリックス号を腹に抱《かか》えたこの旗艦《きかん》以下の新本格帝国《ていこく》艦隊は、長門によって発せられた電波を聞きつけ、急行してきた第五銀河分離帝国の哨戒《しょうかい》艦隊と絶賛交戦中——とのことである。

艦隊の回線に割り込んで情報を掬《すく》ってきた長門が教えてくれた。

「増援《ぞうえん》を確認《かくにん》。戦況《せんきょう》は五分に」

長門は文字情報が滝《たき》のように流れるモニタを見ながら淡々《たんたん》と報告し、ハルヒが腕《うで》まくりをした。

「よし、チャンス到来《とうらい》ね。混乱に乗じて一気に行くわよ。衛兵もどっか行っちゃったし」

スキズマトリックス号を囲んでいた兵士どもは慌《あわ》てたようにいずこかに駆け去り、整備員みたいなのが右往左往しているのが格納庫の現況だ。この機を逃《のが》せば次はないってくらいのお膳立《ぜんだ》てである。ゲームクリアまでの正しいルートに乗ることができたのかな？

「王子様たちの部屋までのルート、しっかり覚えときなさいよ」

仁王立《におうだ》ちのハルヒはスクリーンの艦内断面ワイヤーフレーム図を数秒凝視《ぎょうし》して、光線銃《じゅう》を片手に握った。

「じゃっ、行きましょ」

できればじっとしていたかったがそうもいかず、俺たちはそれぞれ光線銃（って言ってるがもっと他に言い方はないのか？　ブラスターとかさ）を抜《ぬ》き放つと、ハルヒに先導されて宇宙艇のエアロックから格納庫に飛び降りた。

「あひゃあ」

朝比奈さんが危なっかしく着地するのを古泉が助けてやる。愛らしいグラマラスコス少女な朝比奈さんは跳《と》んだ拍子《ひょうし》にブラスター（こっちのほうが格好いいから採用する）を落っことしていて、位置の関係上それを拾ったのはハルヒだった。

「みんな、銃の射撃《しゃげき》モードを麻痺《まひ》にしときなさい。Ｐってところに目盛りをあわすの。誘《ゆう》拐《かい》犯とは言っても、海賊《かいぞく》じゃない人をケガさせちゃったら寝《ね》覚《ざ》めがよくないわ」

なんでこいつは銃の使い方を知ってるんだ？　しかもおかげでせっかくのブラスターが台無しだ。パラライズガンと名称変更《めいしょうへんこう》しないといけなくなっちまった。

ハルヒは朝比奈さんにPガンを手渡《てわた》し、

「さ、こっちよ！」

全員が命令に従ったのを確認してから走り出した。なびく髪《かみ》や躍動《やくどう》感あふれる駆《か》け方が、ここが宇宙なのだということを忘れさせる。本当に宇宙戦艦の中なのか？　実は人類は今もって月面未到達《とうたつ》ってな感じの大がかりな書き割りセットの中にいるような気もしてきたぜ。まあこの状況だ。どっちでもいいか。とことん突《つ》き進むしか手が残されていない。なにより、ハルヒがその気だ。

格納庫から艦内に入るでかいドアをめがけて殺到する俺たち五人、まだ残っていた衛兵がレーザーライフルを向けてくるのを見たハルヒは問答無用でPガンを速射、麻痺光線に撃《う》たれた衛兵は悶絶《もんぜつ》、その身体《からだ》を踏《ふ》み越《こ》えて我々は走るのだった。一路、囚《とら》われの王子と姫のもとへと——。

着いた。

ハルヒというよりは長門の記憶《きおく》力と方向センスのおかげをもって俺たちは入り組んだ艦内を一直線に走り抜け、階段を上ったりエレベータに乗ったり、角を一つ曲がるたびにそ

の都度兵士と銃撃戦を繰《く》り広げ、全員を打ち倒し、やって来たのはこの戦艦のどこら辺にあるのか俺には解《わか》らないが、とにかく一つの船室の前である。

「下がってなさい！」

ハルヒはそう一声かけると、光線銃を熱線モードにしてメタリックな扉《とびら》に向けて発砲《はっぽう》、なます切りにされて崩《くず》れ落ちる扉の向こうに、二つの人影《ひとかげ》が立ちつくしていた。

こんなシチュエーションだ、驚《おどろ》きの表情を作っているのも無理はないが、どこか人間っぽさに欠ける男女二人組は啞然《あぜん》として俺たちを眺めている。

ハルヒはずかずか踏み込むと、

「あんたたちが銀河ナントカ帝国の王子と姫《ひめ》さん？　安心して、今助け出してあげるから」

王子ならびに姫という話だが、別に王侯《おうこう》貴族な印象は受けなかった。どっかそこらにいる兄ちゃんと姉さんにしか見えない。着ている服も未来的ではあるが普段着《ふだんぎ》じみてるしな。おまけにポカンとしているせいで、顔にしまりも威厳《いげん》もなく、本当にこの二人でいいのかと思うくらいだ。

てなことを俺が思っているのもほったらかしで、ハルヒは二人の腕をむんずとつかむと、

「退散よ。撤収《てっしゅう》！　このままスキズマトリックス号に戻ってハッチをぶち抜いて帰りましょ。用はないわ」

有無を言わせぬいつもの迫力《はくりょく》でハルヒは二人を引きずるように通路に飛び出す。もちろん俺たちも後を追う。追わざるをえんだろ。

いくら艦内が戦闘配置になっているからと言って全員に持ち場があるわけでもないようで、雑魚《ざこ》キャラみたいなトルーパーが時折顔を出してきては長門の精密射撃をくらい、痺《しび》れて転がることになった。

元来た道を走ることしばし、首尾《しゅび》よくパトロール艇に戻った俺たちだが、その間朝比奈さんが単なる付き添《そ》いでしかなかったことは言うまでもない。もともと実戦にまるで向いていない彼女にこんな役を割り振るほうが間違《まちが》っているな。せめて船医ならよかったのに。

「キョン、発進して」

艇内に戻ったハルヒは王子と姫を隊長席の横に立たせたままで、自分だけはちゃっかり席に着き、

「全砲門《ほうもん》開け、目標、真ん前の壁《かべ》！」

「了解《りょうかい》しました」

副操縦士から砲撃手に配置転換《てんかん》した古泉が手際《てぎわ》よく照準を合わせ、ハルヒの、

「ファイア！」

という掛《か》け声と同時にトリガーした。

荷電粒子砲《りゅうしほう》やら光子魚雷《ぎょらい》っぽい何かがスキズマトリックス号の先端《せんたん》から発せられ、派手な火花を散らして戦艦《せんかん》の外壁《がいへき》を吹っ飛ばす。盛大に空気が漏《も》れていくその先、大きく空いた裂《さ》け目の向こうに広がるは深遠なる宇宙。瞬《また》いている光は星ではなく、彼方《かなた》にある宇宙船が爆発《ばくはつ》四散するさまを表している。映画でしか観《み》たことのない光景だが、操縦席にいる俺はゆっくり鑑賞するわけにもいかず、ほうけてはいられない。ハルヒの指示通りにスキズマトリックス号を操って、一目散に艦隊旗艦から離脱《りだつ》する。

乱雑な陣形《じんけい》を組む宇宙艦の合間を小魚のようにすり抜けて飛翔《ひしょう》するスキズマトリックス号。二つの勢力が遠慮《えんりょ》なく色つきビームをバンバン撃ち合っているので冷や汗《あせ》ものだ。なんだか全然リアリティがない。俺は勘《かん》と脊髄《せきずい》反射のみで操縦桿《そうじゅうかん》を操作し、でたらめな宙域へと船を向けた。

「みくるちゃん、通信開いて。こっちの味方のほうに」

ハルヒが隊長らしく飛ばした指示に、朝比奈さんがおぼつかなくも応じる。なぜか俺が宇宙船を操縦できているように、彼女も通信のやり方が解っているらしく、不思議なこともあるもんだったが、逆にまったく不思議ではない気もする。何でもありだ、ここは。

『聞こえるか、広域銀河観察機構パトロール部隊所属のハルヒチーム』

聞き覚えがあったような渋《しぶ》いおっさんの声がスピーカーから響いた。ダイヤのキングみたいな王様の姿が思い描《えが》かれるね。

『こちらは第五銀河分離帝国、余がその皇帝《こうてい》である』

「お子さん二人、救い出してきたわ」

ハルヒが得意そうに、

「これでいいんでしょ？」

『感謝する。報酬《ほうしゅう》は望みのままにしよう。しかし今は戦闘中ということもあり、余は指揮にいそがしい。安全な場所に避難《ひなん》しておいてもらいたい。のちほど、王子と姫を迎《むか》えに行かせる』

ぷつりと通信が途絶《とぜつ》した。やけにあっさりしてるな。泣いて感謝しろとは言わんが。

「これで終わったんだよな」

俺は古泉に、いやこいつに言ってもしょうがないから言葉の途中から長門のほうを向いて言った。

「…………」

レーダー要員席に着いていた長門は、不意に立ち上がると隊長席横に立たされている王子と姫のほうへ歩いていく。なんだ？　王子と姫の二人は無反応。

長門は例の深層海洋水みたいな静かな瞳《ひとみ》で男女ペアを見ていたが、そっと手を伸《の》ばして指先をまず王子の、次に姫の身体に触《ふ》れさせた。

「あ？」と俺の口が言う。

長門が触《さわ》るや否《いな》や、二人が膝《ひざ》を折ってガシャンと横倒《よこだお》しになったのである。

「ロボット」

長門はポツリと呟《つぶや》いて、関節のパーツがイカれたアクションフィギュアみたいに倒れている二人を見下ろした。

「これはこれは」

古泉が微苦笑《びくしょう》を浮《う》かべて肩《かた》をすくめた。

「偽物《にせもの》をつかまされたようですね。このような場合、つまり誰《だれ》かに奪還《だっかん》されることを想定して影武者《かげむしゃ》を用意していたのか、もしくは最初から本物などおらずコピーロボットだったのか……。どうやらしくじりました。僕たちが収容された艦にこの二人がいたことをまず疑うべきでしたね。思えば、不必要なまでに不用心すぎましたから」

「じゃあ、本物はどこ？」

ハルヒの問いを受け、古泉はスクリーンに目を向けた。

「二人があの侵攻《しんこう》艦隊に連れ去られたのだとして、そして旗艦に乗っていなかったのだとしたら、普通《ふつう》に考えて別の艦にいたのでしょう。それがどれかは解りませんが」

カラフルビームで入り乱れる星空に、また一つ爆炎《ばくえん》の花が咲《さ》いた。宇宙艦隊戦は秒刻みで激しさを増し、双方《そうほう》ともに多大なる損害を与《あた》えている様子。マズいな。

為《な》すすべもなく見守るしかない俺たちの目の前で、一つまた一つと戦艦が轟沈《ごうちん》していく。

「で？」

俺は暗い声で誰に言うでもなく、

「もしかして、俺たちの雇《やと》い主サイドの艦隊は自分とこの王子と姫が乗ってるかもしれないのに、それを知らずに敵艦を攻撃《こうげき》してるってことになるのか」

「そのようです」

古泉は律儀《りちぎ》にうなずき返し、

「奪《うば》い返した二人が偽物だったことを教えて差し上げたほうがいいでしょうね」

「だったら急いでそうしろよ。手遅《ておく》れになったらどうするんだ」

「いえ、これは感覚的な問題ですが、すでに手遅れになっているような気がするのですよ」

俺もだ。きっと全員の意見が一致《いっち》していることだろう。

なぜなら――。

目の前の風景が解け崩れ始めていた。ワイド画面のスクリーンがぼやけたように消えていき、黒い紙に小さい穴を開《あ》けまくって陽《ひ》にかざしていたような宇宙が、まさに書き割りでしたと言わんばかりに倒れていくんだからな。

なんだこれは、とツッコミの言葉も出せず、俺の耳は長門のセリフを聞いた。

「ミッションインコンプリート」

どういうことかと問うまでもなかった。これ聞くのも二度目だしさ。

「あー……」

またしても、だ。俺たちは失敗したらしい。王子と姫の本物が乗っていた船は味方に撃沈され、二人は哀《あわ》れ大宇宙の一部となってしまったようだ。頼《たの》む、成仏してくれ。

「ペナルティ」

長門の追加のセリフに、俺は溜息《ためいき》をついた。

風景が劇的に変化していくのを見るのも二回目だと感動もない。広がっていた暗い夜空が徐々《じょじょ》に明るくなっていく。意味もなくパノラマという単語が思い浮かんだ。

「…………」と俺と長門と古泉と朝比奈さん。

最初はファンタジー世界、次はスペースオペラ、そして三度目は——。

乾燥《かんそう》した風が俺の頰《ほお》を打ち、砂煙《すなけむり》がブーツを履《は》いた足にまとわりつく。ブーツ？　にしか見えんな。しかも俺の足裏は無骨な大地の感覚を脳に伝えてきた。

顔を上げると、そこにあったのは懐《なつ》かしいほどに前時代的な建物及《およ》び、目に痛いほど透《す》き通った青い空だった。

「…………」

　総員、無言。

　テンガロンハットを被《かぶ》り、えー、なんと描写《びょうしゃ》すりゃいいんだ？　とにかくウエスタンな格好した俺と他四名が未舗装《ほそう》の馬車道に突《つ》っ立っている。

「やれやれ」と言うしかないね。

　ホルスターに入ってるのは光線銃《じゅう》からシングルアクションのリボルバーへとチェンジしており、俺と古泉はレトロなシャツにサスペンダーパンツ、胸にはシェリフバッジがくっついている。ハルヒと朝比奈さんはやけに肌《はだ》面積の広いカウボーイスタイル、長門に至ってはどう見ても流れ者のガンマンだ。

　ってことは、これは……。

「さあ、みんな」

　ハルヒがにこやかに宣言した。

「行くわよ。賞金首の悪党どもに誘拐《ゆうかい》された牧場の息子《むすこ》さん夫婦を助け出しにね。あたしたちは荒《あら》くれたお尋《たず》ね者《もの》に立ち向かう勇敢《ゆうかん》な保安官とその助《すけ》っ人《と》なんだから」

　そういうことになってしまったらしい。

こうして俺たちの西部劇——まさに劇だな——が始まりを告げた。

誰に訊《き》けばいいのか解《わか》らんが言わせてくれ。

「いつまで続くんだ？　これ」

「課せられた任務が完了《かんりょう》するまででしょう」と古泉は珍《めずら》しそうにピースメーカーみたいな旧式銃を弄《もてあそ》びながら、

「それとも僕たちをこのような場に誘《いざな》っている何者かが飽《あ》きたとき、ですね」

拳銃《けんじゅう》をくるりと回してホルスターに納め、古泉は長門へと目線を送って微笑《ほほえ》んだ。

「いつまでもこのままではないと思います。今はせいぜいロールプレイを楽しむことにしようではありませんか。滅多《めった》にない経験ですよ」

はわわ、と口と目をいっぱいに開いている朝比奈さんの腕《うで》を取り、ハルヒは目一杯《めいっぱい》の笑顔で俺たちを振《ふ》り仰《あお》いだ。

「まず馬を調達しなきゃね。荒野《こうや》を徒歩で歩くなんてサマになんないしさ。とりあえず酒場を探して——」

十九世紀の北アメリカみたいな舞台《ぶたい》、どこまでもセットじみた町のメインストリートをSOS団が行く。

果てしのない荒野を目指して——。

SOS

SOS
act.3 ワールドトリップ篇
…

土煙《つちけむり》の立つ未舗装の道路がどこまでも真《ま》っ直《す》ぐに続いている。

この街のメインストリートの両脇《りょうわき》には、雑多な木造の商店や酒場などが長屋のように連なっていた。

馬車の轍《わだち》や蹄鉄《ていてつ》の跡《あと》が刻まれた土の街道に、二つの人影《ひとかげ》が向かい合って立っている。

ギンギラに灼《や》けた陽光の下、十メートルほどの距離《きょり》を空けて立つ二人の間には、双方から迸《ほとばし》る殺気が渦巻《うずま》き、空中で不可視の稲妻《いなずま》を発生させんばかりだった。

左右の店の窓からは見物人たちが養鶏場《ようけい》のニワトリのごとく首を突き出し、世紀の決闘《けっとう》を見逃《みのが》すまいとしている。不意に風が舞《ま》い、土埃《つちぼこり》とともにデカいケサランパサランのようなものが転がっていった。何て言うんだっけこれ。

「タンブルウィード」

背後から長門《ながと》の声がした。俺は振り返らず、状況《じょうきょう》説明の続きを再開する。

道路の真ん中で距離を取って向かい合い、にらみ合っている一人は、最早《もはや》言うまでもない、SOS団団長、涼宮《すずみや》ハルヒであった。

ハルヒはテンガロンハットを被《かぶ》り、白いチューブトップにデニムジャケット、ヒラヒラの房《ふさ》が付いたホットパンツという出《い》で立ちで、一風変わったカウボーイのコスプレに見えるが、実はマジモンのカウガールという設定である。

それもただの牧童ではない。ハルヒの腰《こし》にぶら下がるように巻かれたガンベルトとホルスター、中に収まるはコルト・ピースメーカー・シングルアクションアーミー、言わずと知れたアメリカ西部開拓《かいたく》時代に一世《いっせい》を風靡《ふうび》した名銃である。

ここではハルヒは名うてのガンマンであり謎《なぞ》の女三人組バウンティハンターズ「ＳＯＳ団」の筆頭賞金稼《かせ》ぎという役割なのだ。しかし初めて所属組織に「団」とついていることが違和感《いわかん》のない世界に来た気がするな。

俺は左右を見回し、そのどこからどこまでもが、ＴＶで深夜にやっていたＢ級西部劇映画そのままな光景に小さく嘆息《たんそく》した。

この現状にあえてタイトルを付けるなら「炎天下《えんてんか》の決闘」か「ＳＯＳ団無宿」か。

ともかく、二つの対立グループのいざこざを、代表者同士の決闘で決めようということになったのが、今の有様だった。

ハルヒの相手を務めるのは、ええと何か名乗りを上げていたのは聞いていたのだが、典型的な悪役モブな面構《つらがま》えにステレオタイプな煽《あお》りゼリフなのも相まって、まるで頭に残っていない。まあこれまで散々悪逆非道を尽《つ》くしてきた賞金首のガンマンで、敵対組織に雇われた黒ずくめの衣装《いしょう》を纏《まと》った流しの用心棒である——という情報から、人相風体を想像していただければ、十中八九その通りであろうと思われる。

決闘のルールは以下の通りだ。

十メートルほど距離を空けて立つ。

銃をすぐに引き抜《ぬ》ける姿勢で待つ。

町長が十セントコインを上空に向けて指で弾《はじ》く。

コインが地面に落ちた音がスタートの合図。

先に相手を倒《たお》した方の勝ち。

いたってシンプルな早撃《はやう》ちルールだ。まあ、審判《しんぱん》役の町長がどっかで見たことのある白髭《ひげ》の爺《じい》さんだったり、敵グループの悪党ヅラした三下どもが何やら含《ふく》むところのあるニヤニヤ笑いをしているのが、あまりにも解りやす過ぎて逆に脱力《だつりょく》ものだが、一応ここは緊《きん》張感《ちょうかん》の溢《あふ》れる一幕ということなのであろう。

ハルヒと賞金首が占拠《せんきょ》する大通りは通行規制がされて、荷馬車や買い物客などは街の入り口で足止めにあっている。流れ弾《だま》対策は万全である。

当然、俺たちも通りの脇《わき》にある板を敷《し》いただけの歩道に並んで立っていた。向かい側には悪役グループの一味が陣取《じんど》り、何やら囁《ささや》き合ったり、意味もなく銃を抜いたり戻《もど》したりなどの示威行為《じいこうい》に励《はげ》んでいる。

俺は視線を背後にやった。まず目を引いたのが、朝比奈《あさひな》さんのお姿だ。白の綿シャツにスモールサイズのホットパンツは一切《いっさい》スタイルの良さを隠《かく》すことはなく、手入れの行き届いた鹿革《しかがわ》のウエスタンブーツと首元を彩《いろど》る鮮《あざ》やかな色合いのネッカチーフがハイセンスなアクセントを醸《かも》し出している。小柄《こがら》な唯一《ゆいいつ》の上級生は両手を組み合わせ、ハラハラと心配げな面持《おもも》ちで、佇《たたず》むハルヒを見つめている。

一方、長門はいつもの無表情な目を前方に向けていた。こいつの格好は地味な色の幅広《はばびろ》の帽子《ぼうし》とマントのようなポンチョを纏うメキシカンスタイルだ。雰囲気《ふんいき》からして一匹狼《いっぴきおおかみ》のクールなバウンティハンターといった風情である。射撃《しゃげき》の正確さだけで言えばおそらく宇宙一の腕前だ。

その横で顎《あご》を撫《な》でながら様子を見守る古泉《こいずみ》は、俺と同じ服装をしている。西部劇をモチーフにした映画でも漫画《まんが》でもアニメでもいい。そこに登場する保安官と呼ばれるキャラの出で立ちを思い起こしてもらいたい。つまりそれだ。説明が面倒《めんどう》になってきたわけではない。ちなみに俺と古泉は保安官補ということになっている。

ハルヒたち三人と行動をともにしてはいるが、今回の「SOS団」は純然たる女性三人組賞金稼ぎ団体であり、俺と古泉はなぜか行き先が同じなためにハルヒの巻き起こすアメリカ西部開拓時代におけるテンプレのような冒険譚《ぼうけんたん》に巻き込まれるはめになっているのだった。

老町長が咳払《せきばら》いをして、

「そろそろ、始めてよいかの？」

どうも俺に言っているようだったので、頷《うなず》きを返してハルヒを見ると、手をヒラヒラと振って、

「いつでもいいわよー」

命のやり取りをする現場にいる当事者とは思えないほどの軽いノリだ。

相手の用心棒も「ああ」とか何とか返事をよこし、二人の間にいた町長は通りの端《はし》にある板張りの歩道まで後ずさってから、手を構えた。

横にした握《にぎ》り拳《こぶし》、親指の爪《つめ》の上に十セント硬貨《こうか》が鈍《にぶ》く光る。爺さんが息を吸い、重々しく言った。

「では」

直後、ピンと乾《かわ》いた音がして、コインが上空を目指して飛んだ。

刹那《せつな》、周囲の動きがスローモーションになるのを感じる。ハルヒと用心棒が右手を腰に向ける動き、観衆たちの恐《おそ》れと期待と好奇心《こうきしん》の混じった表情、風に飛ばされる乾燥した干し草一切れ、そして回転するコインの表裏すら見て取れるほどの時間の停滞《ていたい》——。

なぜかここまでの経緯《けいい》を説明しなくてはならないような気がしてきたので解説すること

にする。なに、すぐに済む。コインが地面にぶち当たるまでにはな。

銀河を股《また》にかける活躍《かつやく》をしていたと思ったら、いつの間にか十九世紀後半の北米大陸西部地方に飛ばされていた俺たちは、とりあえず近くの街を目指したわけである。

そこの保安官事務所に辿《たど》り着いた俺たちに、何者かから電報が届いていた。手際《てぎわ》のいいことだと感嘆《かんたん》しつつ、内容はハルヒが脳内受信したものと重複するが、まとめると、

「そこから馬で半日ほどの距離にある街にて、牧場主側と農場主側との間で土地を巡《めぐ》る血で血を洗う抗争《こうそう》が起きており、ところ構わずドンパチが始まる、時は戦国嵐《あらし》の時代、アメリカンワイルドウェストは今まさに世紀末状態中、この末法の世を救うため至急援軍《えんぐん》を乞《こ》う。なお現状は人質を取られている牧場側の一方的不利」

どちらに味方すべきなのかすでにモロバレな上に、時代考証担当を雇《やと》ったほうがいいと進言したくなる文章に軽く頭を痛めていると、そこに二通目の電報がタイミングよく届き、

「古泉一樹《いっき》、キョン保安官補両名は、三人組のバウンティハンターガールズ『ＳＯＳ団』と協力し、事態の沈静化《ちんせいか》に当たれ」との指令が下る。

何がガールズだと言っていても仕方がない、馬なんかには乗ったこともないが用意しな

いと始まらないとばかりに俺と古泉が顔を眺《なが》め合っているうちに、三人娘《むすめ》たちは事務所から姿を消していた。

「これ借りるわよ」

という言葉だけを残し、デスクの上に放りっぱなしになっていたお尋《たず》ね者《もの》の手配書リストとともに——。

数分後、街のどこからか発砲《はっぽう》音が連続して轟《とどろ》いた。

俺と古泉、二人の保安官補がいかにも浮《う》き足だった足取りで駆《か》けつけると、街の酒場の一階で派手な銃撃戦《じゅうげきせん》が繰《く》り広げられているではないか。

どうやらウォンテッドリストに載《の》っていた列車強盗《ごうとう》グループが、昼間から一杯やっていたらしい。どいつも強面《こわもて》のいかついオッサンたちだが、ハルヒの前には年齢《ねんれい》も性別も一切の区別はなく、コルトSAAから放たれる45口径弾《だん》の餌食《えじき》となっていた。

耳をつんざく銃撃音と立ちのぼる紫煙《しえん》、蹴倒《けたお》されるテーブルや床《ゆか》に激突《げきとつ》して割れる大量の酒瓶《びん》などの甚大《じんだい》な被害《ひがい》が着々と進行する、西部劇映画のワンシーンのような、というかワンシーンそのもののどこか作り物めいたガンアクションを、俺と古泉は肩《かた》をすくめて見送るのみだった。

ハルヒの撃《う》つ弾丸はすべて相手の急所に命中するも、ひっくり返った賞金首どもは、

「安心なさい。峰打《みねう》ちよ」

その言葉通りの結果となって戦闘力《せんとう》は失っても命までは取られず、どころかケガ一つなく、長門の放つ銃撃は正確無比に敵の銃を手から弾き飛ばして破壊《はかい》、朝比奈さんがホルスターから引き抜いた銃はたちまちお手玉となって空中を舞ったあげくに暴発し、すっ飛んでいった拳銃《けんじゅう》はたまたま偶然《ぐうぜん》その場にいた荒《あら》くれ者の顔面を強打して昏倒《こんとう》させる……と言った案配で一人の死者も出さないまま、列車強盗の一団は酒場のタバコ臭《くさ》い床と添《そ》い寝《ね》する仲になった。

長門と朝比奈さんを両脇に従えたハルヒはカウンターの奥で頭を抱《かか》えるバーテンダーに、ミルクを三つ注文すると、手配書の束をテーブルに置いてスツールに腰を下ろした。

今日ハルヒたち三人に支払《しはら》われる賞金だけでミルクどころか牧場まるごと買えそうだったが、倒れ伏《ふ》す賞金首たちを丁重に捕縛《ほばく》する仕事を淡々《たんたん》とこなす俺と古泉には関係のない話である。ついでにどう考えてもこの銃撃戦エピソードは寄り道以外の何ものでもない。さっさと電報にあった抗争中のトゥームストーンだかそんな感じの街に急行すべきだろう。

それはそれとして、ふん縛《じば》ったお尋ね者どもを留置場行きの馬車に押し込んだ後、俺は事務所から賞金の詰《つ》まった鞄《かばん》を持参、古泉はどこからか五頭の馬を引っ張ってきて、

「酒場の裏に繋《つな》いでありました。列車強盗団のものでしょう」

どこまでも御都合《ごつごう》主義的に準備は完了《かんりょう》。

「そろそろ出発するぞ」

スウィングドアを押しのけて覗《のぞ》き込むと、ハルヒたち三人はチリコンカーンらしき料理を追加注文して食っており、

「食べ終わるまで待ってくれる？　あ、お代はキョン、あんたが払っといて」

俺はバッグから札束を一つ取り出すと、店を弾痕《だんこん》だらけにした慰謝料《いしゃりょう》の意味も込みで、そのまま店主の前に放り投げた。

「釣《つ》りはいらない」

一度は言ってみたかったセリフだ。まあ俺の金でもないからいくらでも気前はよくなれるってもんさ。

三人娘ののんびりした食事の後、ようやく俺たち五人は馬上の人となり指令にあった街を目指すのだった。馬の乗り方を習ったことなどないはずなのに、まるで自転車に乗るような気軽さで乗馬できていることに、もはや疑問すら持てやしない。

ところで次の街まで馬の足でどれくらいかかるのか調べてなかったが、夜までに到着《とうちゃく》するのだろうか。見渡《みわた》す限り地平線が広がり、そういや地図すら見たことない。というか

今何時だ。ふと空を見上げると、オレンジ色の太陽が傾《かし》いでいた。どうも今は夕方で、日の入りまではそれほど遠くないと経験則が教えてくれている。

が、三十分ほど経《た》っても太陽はその位置で、いっかな沈《しず》んでいこうとしない。まるで何かを待っている気配すらある。何を？　言うまでもないだろうね。

それどころか、左右を流れる風景が加速すら始めた。こっちは馬をぽっくりぽっくり歩かせているだけなのに、まるでマイルチャンピオンシップ最後の一ハロンのような体感速度になっている。

ますます狂《くる》う体内時計、たぶん街を発《た》ってから一時間ほどで、次の街が見えてきた。

街の入り口には、年老いた町長が俺たちを待っていた。待ちくたびれていた。

その思いは太陽も共有していたらしく、俺たちが街に着くや否《いな》や、早回しのスピードでそそくさと地平線に接着した。急激に日暮れとなった濃《こ》い橙色《だいだいいろ》の太陽光が長い影《かげ》を作る中、俺たちは馬を下りて老町長と対峙《たいじ》した。

フランネルのシャツに黒いジャケットを羽織り、山高帽《やまたかぼう》を被《かぶ》った町長の顔は、今までに何度か見た、例の白髯白眉《はくぜんはくび》の爺さんで間違《まちが》いなかった。

あるときは森の賢者《けんじゃ》、またあるときは銀河帝国軍艦隊《ていこくぐんかんたい》司令の皺《しわ》深い顔が、今は渋面《じゅうめん》を作っているのも無理はない。

「ずいぶんと遅《おそ》い到来じゃな。おぬしらが来るまでここで突《つ》っ立っていなければならないこっちの身にもなってくれ」

文句は段取りの悪いシナリオライターに言ってくれ。

「おぬしらは徹頭徹尾《てっとうてつび》アドリブで動いているようにしか思えんが」

ハルヒをメインに配役するからだ。キャスティング権を持ってるヤツが悪い。

「まあよい。話を進めるぞ」

次の瞬間《しゅんかん》、俺たちはダイニングテーブルを囲んで席に着いていた。

どうやら移動シーンはカットされて、いきなりこの部屋に通されたところから再開されるらしい。便利なものだ。

「ここはわしの家じゃ」と老町長。「時間が惜《お》しい。夕食をとりながら状況《じょうきょう》を説明する」

晩餐《ばんさん》のメインディッシュは何かの赤身肉だというくらいしか解《わか》らないステーキだった。食ったことのない味がしたからバイソンかもしれない。他には糖蜜《とうみつ》のかかったパンケーキ、トウモロコシパン、素材不明のごった煮《に》シチュー、アップルパイっぽいデザートらしきもの、などの料理を黙々《もくもく》と平らげる長門と、一口食べるたびに顔を輝《かがや》かせたり首を傾げて斜《なな》め上を見たりする朝比奈さんの観察に励《はげ》んでいる間にも、町長の話は続いていた。

「もともとこの地は牧草地が広がるだけの辺鄙《へんぴ》な土地でのう。することと言えば畜産《ちくさん》業しかなかった。この街も牛と牧畜《ぼくちく》とともに発展してきたと言ってもいい」

そこからかよ。時間が惜しいんじゃなかったのか。

「キョンの言う通りね」

ハルヒはミディアムレアの多分バイソンステーキにナイフを入れながら、

「んで、あたしたちに何をして欲しいわけ？　確か誰《だれ》か誘拐《ゆうかい》されたんじゃなかったっけ？

それを助けてくればいいの？」

町長はじろりと俺を睨《にら》み、次にハルヒを見つめ、優雅《ゆうが》に食事を楽しんでいる古泉と長門を見やり、料理を一口食べるごとに目を見開いて感動を表現している朝比奈さんを見て頬《ほお》を緩《ゆる》めてから、ナイフとフォークを置いてテーブルの上で手を組んだ。

「お前たちの誰かに決闘《けっとう》の代行を頼《たの》みたい」

厳《おごそ》かにそう言った老町長の話によると——。

牧場が広がるのどかなこの地域に、数年前、とある実業家が目を付けた。実業家はアメリカ各地で農園を経営し、少々後ろ暗い手を使ってでも自己実現に努める悪漢であり、いささか強引な手腕《しゅわん》でもって巨万《きょまん》の富を築き上げたエネルギッシュな成金だった。

その実業家がこの街の周囲の土地の権利を一方的に主張し、多くの小作人とともに農地開拓《かいたく》に乗り出した。牧草地と共存できている間はよかったが、農園の主《あるじ》は着々と農地を拡大していき、やがて牧場サイドと境界が接するようになると、まだ手つかずの土地の奪《うば》い合いが始まった。

牧場側の人間は占有権《せんゆうけん》を主張し、農場をこれ以上拡張しないよう申し入れたが、農場主のほうは出所不明な土地権利書を持ち出して、合法的に入手した自分たちの土地をどうしようが自分たちの勝手だと言い放ち、緑に覆《おお》われた地面を力ずくで耕しにかかる。

話し合いはたちまち口論となり、口論はやがて罵《のの》り合いに発展、言葉の応酬《おうしゅう》に腕力を伴《ともな》う暴力が介在《かいざい》するようになるまで、そう時間はかからなかった。

こうして街は昔ながらの牧場側と、新興の農場側に分断され、かつての牧歌的なムードはどこへやら、街中いたるところで小競《こぜ》り合いが発生することになってしまった。

最初に外部から用心棒を呼び込んだのは農場側だった。ナントカトン兄弟とその一味と言った感じの荒くれ者たちが闊歩《かっぽ》し始めるのに危機感を抱《いだ》いた牧場側も、銃の扱《あつか》いに長《た》けたカウボーイグループを雇い入れ、火に油を注いで回った。呼吸をするより先に射撃を始めるような連中が対立勢力として同じ街に存在することになった結果、街の内外を問わず、そこかしこで当然のように銃撃戦が繰り広げられるようになる。

この街のシェリフは農場の実業家に買収されていたため治安組織は機能せず、町長の権力は銃火器の前では蟷螂《とうろう》の斧《おの》、銃弾《じゅうだん》による怪我《けが》人が病院のベッドを埋《う》めるだけならまだよかったが、死体が転がり始めると事態は一気にエスカレート、街の葬儀屋《そうぎ》は棺桶《かんおけ》不足に悩《なや》まされ、牧師は故人の名を覚える前に次の葬儀の準備に駆り出される。

死者が累々《るいるい》と出るだけの膠着《こうちやく》状態を打開すべく次の一手を打ったのは牧場側だった。こちらはホニャラット・ハープ兄弟とその一党といった具合の腕利《うでき》きバウンティハンター集団を新たに雇《やと》い、銃撃戦では有利に事が運び出したのもつかの間、牧場サイドの中でも古参の有力牧場主の息子《むすこ》夫婦が誘拐されてしまう。

二人の命が惜しければホニャラット一派はこの街の争いから手を引けとの通達を受けた牧場側は、悪辣《あくらつ》な手段に歯がみするのみだったが、ここで街の世論が味方についた。どこの時代のどんな地でも、汚《きたな》い手を使って有利を得ようとする者どもが尊敬されるはずはなく、酒場、肉屋、雑貨屋、病院、銀行諸々《もろもろ》で農場側の人間はしだいに扱いが悪くなる。腹を立てて銃口を向けるも評判は悪化の一途《いっと》を辿《たど》り、とは言え、牧場側も手を出せない。

膠着状態第二弾《だん》となったあたりで、ようやく町長が行政手腕を発揮した。

「このまま睨み合っていても何ともならん。次の銃撃戦はどちらか一方が殲滅《せんめつ》されるまで終わることはないじゃろう。破滅へのカウントダウンをただ座視してはおれぬ。ここは一つ、一対一の決闘、早撃《はやう》ち対決で決着を付けようではないか」

町長の提案に、二つのグループはしぶしぶながら同意した。さすがにこれ以上の人的被《ひ》害《がい》はどちらも避《さ》けたいところである。

「農場側が勝てば大規模農園の建設を認める。牧場側が勝てば農園のこれ以上の拡大は禁止、また同意なく耕作した土地は元の牧草地へ原状回復するように。またどちらが勝っても人質は即時《そくじ》解放すること」

ただし、人質を持つ農場側は相手側に条件を付けてきた。牧場側が雇ったホニャラット一党からは代表者を出すなというものだ。さもなくば牧場主の息子夫婦の命はなく、そしてこの抗争《こうそう》はどちらかが滅《ほろ》ぶまで続けることになる。時間がかかればかかるほど資金力に勝る実業家が有利である。牧場側は条件を呑《の》み、代表者の選出は町長に一任した。

「それで選ばれたのが」とハルヒはフォークを置いて言った。「あたしたちってことね」

実に満足げな表情で、

「任せておきなさい。勝負事は得意なの。っていうか負けた覚えないわ。だからそのホニャララ兄弟？　じゃなくてあたしを選んだってこと、相手に絶対後悔《こうかい》させてあげるからね」

さらっと自分がすることにしていやがる。まあいいか。長門にやらせたほうが確実だが、こういう場面でハルヒが先頭に立たないなんて、授業中の居眠《いねむ》りで見る夢の中ですらあるはずないからな。

ハルヒは余裕《よゆう》の面持《おもも》ちでコーヒーカップを手にした。

「で、決闘はいつ？　荒野《こうや》でやるの？　それとも牧場？」

「明日の正午じゃ。場所はこの街のメインストリート、一軒《いっけん》しかない酒場の前でと決まっておる」

町長の答えにハルヒは鷹揚《おうよう》に頷《うなず》き、コーヒーを一気飲みすると、

「ところでこの街、宿屋ある？　お風呂《ふろ》がついてるといいんだけど」

「おそらく湯船はなかろうな。シャワーのあるところを手配しよう。もっともこの街には宿も一軒しかないが」

「それ、ちゃんとお湯が出るやつ？」

「うーむ、出るのではないかな？」

町長の顔からは、そんな細かいこと覚えとらん、みたいなニュアンスが感じ取れたが、

「いや、出そう。うむ、出る。たった今そうなった。なんなら湯船もつける」

どこかからの電波を受信したように、きっぱりと言ってのけた。

俺の隣《となり》の席にいた古泉が、笑いを噛《か》み殺したような喉《のど》音を上げた。見ると、ニヤケ面《づら》を隠《かく》すようにナプキンで口元を拭《ぬぐ》っている。言いたいことは解る。俺は町長に向かい、

「ずいぶんと便利な世界なんだな、ここは」

町長は突然《とつぜん》ゲホゲホとわざとらしい空咳《からせき》を繰《く》り返したのち、

「以上で説明は終わりじゃ！　健闘《けんとう》を祈《いの》る！」

そう叫《さけ》ぶように言って立ち上がると、再びの場面転換《てんかん》が発生、気づくと俺たちはクラシカルな木造の二階建てホテルのロビーに立っていた。

「あれっ？　えっ？」

可愛《かわい》らしく首を傾げた朝比奈さんは、ナイフとフォークを持っているようなポーズで両手を構えており、しかるに何も持っていない自分の指を不思議そうに見つめた。

俺たちはクロークで鍵《かぎ》を受け取ると、早々に部屋に引き揚《あ》げた。ちなみに全員シングルである。砂っぽく乾燥《かんそう》した地域を移動していたおかげで、身体《からだ》が埃《ほこり》っぽく感じて仕方がなく、さっさとひとっ風呂浴びて明日に備えたかった。

そのバスルームは湯船に洗い場シャワー付きのシステムバスだった。まったく、どこまでもサービスのいいことで恐《おそ》れ入る。

こうして一晩をゆったり過ごした後、翌朝再び集合し、町長の引き立てで牧場側の人間たちと一通り顔合わせと型どおりの挨拶《あいさつ》をしてから、ＳＯＳガールズと新任の保安官補二人は悪漢との対決の場へと向かうのであった。

と、まあ、これが今までのあらすじだ。では、冒頭《ぼうとう》の決闘開始シーンまで戻《もど》ろう。

コインはまだ空中で回転していた。解説が終わるまで待っていてくれたらしい。

相変わらずスローな時間感覚の中、十セント硬貨《こうか》はゆっくりと頂点に達し、そしてゆっくりと落ちてくる。まるで映画の演出のような、激しいアクションの前のつかの間の視覚的静寂《せいじやく》が、俺の時間感覚を奪っていく。

真昼の太陽光を反射しながら高速回転するダイムコインは、まるで自由落下する小さなミラーボールのようだ。

ハルヒも相手のガンマン——ナントカトン兄弟のどっちか——も空中には目もくれず、相手の目を睨《ね》め付け合っている。コインが地に落ちる音がゲームスタートの合図だ。

その時だった。

「…………」

西部に来てからこっち、いつも以上に無言だった長門が、田中久重《たなかひさしげ》製のカラクリ人形のような滑《なめ》らかさで顔を斜め上に向けた。猫《ねこ》のように瞬《まばた》きしない瞳《ひとみ》が、じっと一点を見つめている。その視線の先を辿る。

「ん？」

俺の目の端《はし》がわずかな動きを捕捉《ほそく》した。ほんの小さな身じろぎ程度のものだったが、確かな人間の動作だ。

注意して目を凝《こ》らすと、俺たちから見て通りの向こう、酒場の二階の部屋の中にわだかまる何者かがいた。半分ほど開いたガラス窓越《ご》しに、暗い人影《ひとかげ》が見て取れる。

一人の男が覗《のぞ》き込むようにストリートを見下ろしていた。手にしている長い棒のようなものは他のアイテムと見間違《みまちが》うことはない、ライフル銃《じゅう》だ。おそらくこの時代のベストヒットウェポン・イン・ＵＳＡ、ウィンチェスターＭ73ライフル。

男が構えたライフルの銃口、その延長線上に、ハルヒの頭があった。

「狙撃《そげき》か」

なるほど、決闘がどう転ぶか解《わか》らないと見て、騙《だま》し討《う》ちで片を付けようという、清々《すがすが》しいまでの悪党だ。今時珍《めずら》しいステレオタイプですらある。

俺の右手が反射的にガンベルトのホルスターに伸《の》びる。六連発リボルバーハンドガンに装填《そうてん》されている全弾を脳天に撃ち込んでも良心がまったく痛まない自信があるが、そうしてやるか、それとも長門に任せるか……？

「…………」

長門の沈黙《ちんもく》からは、静観しよう、という意志が感じられた。確かにハルヒが死角からのライフル狙撃程度でくたばるとは、自衛隊の戦車砲《せんしゃほう》で倒《たお》されるゴジラ並みにあり得るとは思えない。ましてやこんな適当な世界観の西部劇ではなおさらだ。

しかし残り時間はわずかだ。落下を続けるダイムコインはもう、乾《かわ》いた大地に接地しようとしている。

誰《だれ》もが対峙《たいじ》する二人を注視していた。

だから、誰もが驚《おどろ》いた。

「！」

まさかハルヒが、コインの落下を待たずに動くとは。

それも横っ飛びに跳《と》んだかと思うと、そこから前転に移行してゴロゴロと転がりながら、酒場と商店の間にある隙間《すきま》空間に消えていくなどと。

直後、十セントが地面との邂逅《かいこう》を果たし、チン、と虚《むな》しい音を響《ひび》かせた。それがスローモード解除の合図だった。

決闘に臆《おく》したハルヒの敵前逃亡《とうぼう》——。

事情を知らない者はそう感じたろうが、敵ガンマンの焦《あせ》りの表情からは、酒場の二階に潜《ひそ》む伏兵《ふくへい》スナイパーの存在を知っていることが見て取れた。

予想としては、どうやってかは謎《なぞ》だがスナイパーの存在に気づいたハルヒがそのライフル使いに銃弾を浴びせるべく二階に直行した——のではないかと思ったのだが、あらゆる意味で予想は裏切られた。

「えいやっと」

元気なハルヒの掛《か》け声と同時に、ガンッ、と硬《かた》いがそれほど厚みがなさそうな何かを蹴《け》りつけた音が耳に届いた。

そして、酒場がまるごと、通りに向かって倒れて来た。

「なっ……」

驚きのあまり硬直した敵ガンマンの頭上に、酒場の表側が描《えが》かれた大きな板が倒れかかっていく。とっさに後ろに飛び退《の》いたガンマンの目の前で、かつて酒場だったデカい板がメインストリートに勢いよくバタンと倒れ伏《ふ》し、もうもうたる土埃を巻き上げた。

その際、板と地面の間から「ぎゃっ」という男の悲鳴と、ゴキャッという何かが砕《くだ》けるような嫌《いや》な音がした。よく見るまでもなく、板と通りの間には、ちょうど人間一人分くらいの隙間が空いており、不本意なサンドウィッチの具となっているのはウィンチェスターライフルを携《たずさ》えていたスナイパーで間違いなさそうだった。

三次元の酒場が、二次元の立て板になった瞬間《しゅんかん》に窓から吐《は》き出されたのだろう。

「やっぱりね」と言ったのはハルヒだ。

板と化した酒場を蹴り倒した後の、片脚《あし》を上げたポーズのまま、

「こんなことだろうと思ったわ。ずいぶん嘘臭《うそくさ》かったもんね」

得意げに微笑《ほほえ》む顔は勝利の色だ。

俺は周囲を見回し、先程とは風景の見え方が違っていることに気づいた。

これまで普通《ふつう》に建物として認識《にんしき》していた街の家屋、メインストリートに連なる商店の数々が、今や厚みと存在感を失い、ただの絵の描かれたパネルになっている。

「マジか」

衝撃《しょうげき》の事実に唖然《あぜん》とする俺たちだったが、相手の敵陣営《じんえい》はもっと驚愕《きょうがく》していた。ついでに老町長までが顎《あご》をガクンと垂らしていた。無理もない。いきなり世界設定を変えられてしまったのだ。それも無理矢理、一瞬の間に。

俺たちが一夜を過ごした宿も、今やただの平面の立て看板と化している。

なんともはや。

ここは十九世紀後半のアメリカ西部地方ではなかった。西部開拓《かいたく》時代を思わせる背景を舞台《ぶたい》にした、野外のオープンセットだったのだ。それも予算をだいぶケチったシロモノらしく、建物はすべてベニヤ板のパネルに描かれたものに過ぎない。

倒れた元酒場を避《よ》けて通りに戻ってきたハルヒは、

「あら一応、早撃《う》ち勝負だったわね」

抜《ぬ》いたコルトＳＡＡを、まだ愕然たる状態が抜けない相手ガンマンの胸元に向け、引き金を引いた。

パン、と乾いた音がして、しただけだった。

周囲の風景がすべて大道具なのだしたら、この戦いはリアルファイトではなく、演技であり、当然拳銃《けんじゅう》に実弾《じつだん》が入っているはずはない。

ここは西部劇映画の中だ。そういうことになったのだ。

他のメンバーがどういった感想を抱《いだ》いているかというと、古泉は特有の微苦笑《びくしょう》を浮《う》かべており、朝比奈さんのぽかんとした顔も実に愛らしく、長門はいつも通り。

俺は銃を弄《もてあそ》びながら歩いてきたハルヒに、

「二階にスナイパーがいるといつ解った？」

「早撃ち相手の目に映ってたわよ」

こいつの視力は猛禽類《もうきんるい》並みか。

「建物がただの板切れだと気づいたのは？」

「それは、何となく」

ここらへんはあまり突《つ》っ込まないほうがいいかもだな。

ハルヒは一カ所に肩《かた》を寄せ合うように固まっている農場サイドの荒《あら》くれ者たちに向か

い、

「先に撃ったのはあたしってことだから、こっちの勝ちでいいわよね。さっさと人質を返して、お尋《たず》ね者《もの》集団は解散しなさい」

ハルヒがトリガーガードにひっかけた人差し指を中心にピースメーカーをくるくる回しながら睨《にら》み付けると、例の農場主側に雇《やと》われたナントカトン兄弟とその一味たちは、世界改変の衝撃を一時的に忘れることができたらしい。

「てめえ！」とか「マジかこら！」とか「こんなん勝負と言えるか！」など、まあそう言いたくもなるよな、みたいな罵《のの》り声を上げて、通りに飛び出してきた。

全員が銃を手にしているが、この茶番にいつまで付きあえばいいんだ？

「…………」

誰よりも早く長門が反応した。

マントを翻《ひるがえ》した長門の両手が瞬速の動きを見せた。右手でコルトを腰《こし》だめに構え、左手で撃鉄を弾《はじ》く動作。トリガーを引きっぱなしにすることで連射を可能とする技、ファニングだ。なぜ長門の銃だけ今も実弾なのかは疑問視しないことにする。

連続発射した六発の弾丸の行き先は、殺到《さっとう》して来た賞金首集団ではなかった。

長門は上空をめがけて撃っていた。

いったい何を？　その問いの答えは即座《そくざ》に降ってきた。

いくつもの大きな照明器具が、荒くれ者たちの頭上に襲《おそ》いかかる。

男たちはヒキガエルがゲップしたような悲鳴を上げ、ドンガラガッシャンと派手な効果音を立てつつ、もれなく照明の下敷《したじ》きとなった。

なんと、オープンセットですらなかった。ここは撮影《さつえい》スタジオの中だ。

そう認識した途端《とたん》、天空で輝《かがや》く太陽は天井《てんじょう》から吊《つ》り下げられたオブジェとなった。

本来なら「はい、カット！」の声とカチンコの音がするあたりだが、周囲を見渡《みわた》してもスタッフらしき姿はどこにもない。エンドマークはセルフサービスで、ということか。

老町長が頭を抱《かか》えているところを見ると、まったく何一つ予定通りに進んでいるわけではなさそうだ。この爺《じい》さんにどれだけの権力と実行力があるのかは謎だが。

「で？」とハルヒ。「人質はどこ？」

銀行の店頭が描かれたパネルの奥から、二人の人物が顔を覗かせた。悪党どもが残らず伸びているのを見て、おずおずと姿を現す。ネルシャツにサスペンダー付きの作業用みたいなズボンを穿《は》いた若い男と、大昔のメイドみたいな丈《たけ》の長いワンピースをまとった女性である。俺たちが救わねばならないことになっている二人組だろう。

ファンタジーRPG編では王子と姫《ひめ》、宇宙編ではなんだったたっけの顔を、初めて見た。

どこかあきらめた風の疲《つか》れた表情に思えるのは俺だけか。

「このたびは」

「ありがとうございます」

そう言って頭を下げる有力牧場主の息子《むすこ》とその妻は、とてつもなく凡庸《ぼんよう》な容姿をしていた。じっと顔を眺《なが》めていても、目を逸《そ》らした三十秒後には忘れてしまいそうな、十代後半とも三十歳前後ともつかない年齢不詳《ねんれいふしょう》な顔はどこを取っても印象的な部位が皆無《かいむ》で、へのへのもへじのほうがまだ特徴《とくちょう》がある。

それはともかく、人質を救い出せばミッションコンプリートのはずだ。

「おい、爺さん」

声をかけると、町長は頭を抱えたままこちらを見た。

「なんじゃい」

「なんじゃいじゃねぇ。多少シナリオとは違うだろうが、これで任務達成だろ。これでまた次の世界に飛ばされるなんてことは、」

ないだろうな、と言いかけたとき、撮影スタジオの壁《かべ》をぶち破って車が突っ込んできた。

「うわ、何だ！」

屋根が幌《ほろ》になっている黒塗《くろぬ》りのクラシックカーはクラシックを超《こ》えて、まるで自動車の化石のようだ。二十世紀初頭のアメリカ東海岸あたりを走っていそうなその車は、牧場主の息子夫婦の前に横付けすると、車内から伸《の》びた黒スーツの腕《うで》が二人を車内に引きずり込み、急発進するや、直後、反対側の壁を破壊《はかい》して逃走《とうそう》した。

「ちょっと！」

さすがのハルヒも声を上げる。

「せっかく助けたのに、もうなの？　少しは余韻《よいん》に浸《ひた》らせなさいよ。あたしは惜《お》しまれながら牧場を後にするカウボーイの役をやってみたかったのに！」

地団駄《じだんだ》を踏《ふ》むハルヒと俺たちの前に、さっきの車が開けた穴から、別の車が入ってきた。何かで見たことがある、フォード・モデルTツーリングのオープンカー仕様だ。

タクシーのように静かに止まる車の運転席は無人だった。

「これで二人を追えと？」と古泉が顎を撫《な》でながら、「どなたか、この手の車の運転ができる方は？」

俺、ハルヒ、朝比奈さんが揃《そろ》って首を振《ふ》り、しゃあない、よろしく長門、と言う前に、

「わしが運転してやろう」

老町長がドライバーズシートに収まっていた。

「なに、ちょっとしたサービス、アフターフォローじゃ」

顔を見合わせたのは一瞬、俺たちはそそくさと乗り込んだ。ハルヒは当然のような顔をして助手席に腰を下ろす。

「さあ出してちょうだい、お爺ちゃん。チップは弾《はず》むわ。さっさと追いついて、銃撃戦の続きをしましょ。今度はカーチェイスをしながらね！　ゴー！　ゴー！」

パチンコで弾き出されたように、フォードがスタートする。ちっとも締《し》まらないが、なし崩《くず》し的に西部劇編、完。

撮影スタジオの外は夜真っ盛りだ。

高層ビルが並び立つ、ミッドナイトな摩天楼《まてんろう》が俺たちを待ち受けていた。おまけに世界はモノクロになっている。店先に光る色取り取りなはずのネオンの輝きはただ白いだけ。ハルヒのカチューシャも、朝比奈さんの瞳《ひとみ》も、長門の髪《かみ》も、グレーの濃淡《のうたん》のみで表現されている。

俺たちの服装もいつの間にか衣替《ころもが》えさせられていた。ダークスーツと白いシャツに黒ネクタイ。カラーインクを使う必要がない服装だ。なんだ、今度は葬式《そうしき》帰りの集団なのか？

いつしか黒スーツの上下に瞬間着替えを果たした町長がハンドルを操りながら、

「禁酒法時代のシカゴ、もしくはニューヨークじゃよ」

どっちだよ。

「どっちでも構わん。そうではないか？」

そりゃまあ確かに。

「わしももう町長ではない。しがない雇われ老ドライバーじゃ。道案内役を仰《おお》せつかった」

誘拐《ゆうかい》された二人はどこだ？

「ギャンググループのアジトじゃろ。今からおぬしたちにはそのギャングのボスとの話し合いに行ってもらう」

「話して解《わか》ってくれる相手なわけ？」とハルヒ。

「無理じゃろな。であるからして、一勝負してもらうことになろう。勝てば二人は自由の身じゃ。うまく行けばカーチェイスはなくて済む」

そう上手《うま》く運べばいいが、怪《あや》しいもんだ。

座り心地《ごこち》がいいとはお世辞にもいえないリアシートに身を沈《しず》めながら、俺は空を見上げた。瞬《またた》く星々はただモノトーンの点となり、宇宙編で見たものと比べると、いかにも迫《はく》力《りょく》不足だった。

そういやまだ「ミッションインコンプリート」の声を聞いてないなと思いつつ、俺はスピードを上げる車の加速度を背中に感じていた。

車が止まったのはそれから間もなく、暗いビル街の一角だった。真っ先にハルヒが飛び降り、その後に続く俺たちの背に、爺さんの声がかかる。

「そのビルの地下一階に、違法《いほう》に営業している酒場がある。ほれ、ちょうど目の前に下りていく階段があるじゃろ。そこを下って突き当たりの扉《とびら》を三回続けてノックした後、三秒待ってまた三回ノックじゃ。それで開く」

濃《こ》い灰色の建造物の正面に、ちょうど人が二人並んで入れそうな長方形の穴が開いている。その先は階段になっており、奥に行くほど闇《やみ》が深く、薄気味《うすきみ》悪さを漂《ただよ》わせていた。

「安心せよ。手はずは整えておく。いざとなればドサクサに紛《まぎ》れて逃《に》げるのじゃな」

爺さんは皺《しわ》深い顔をニカッと笑わせ、

「それでは健闘《けんとう》を祈《いの》る。また会おうぞ。子供たちよ」

そう言い残し、クラシックカーは排気《はいき》ガスを存分に撒《ま》き散らしながら走り去った。地下で何が待っているのかは置いといて、面倒見《めんどうみ》がいいのか悪いのか解らん爺さんだ。あの口ぶりでは再見を予感せざるを得ず、人質奪取《だっしゅ》の任務の成功率が高いものであるとの認識《にんしき》は、ただの高望みに終わりそうだ。

「ま、行ってみましょ。何とかなるわよ」

ハルヒのスーパーポジティブな言動を、ほんの少しでも頼《たの》もしく思える日が来るとはね。

先頭を切って階段を下りていく団長に従うこと数秒、分厚い木製ドアの前で俺たちは立ち止まる。ハルヒの拳《こぶし》が扉を三回叩《たた》き、三拍《ぱく》置いて、また三回。

しばらく待つと、ドアノブが古風な音を立てて回り、扉が内側に開いていく。

途端、室内の喧噪《けんそう》が煙草《たばこ》の煙《けむり》とともに流れ出してきた。ガラの悪そうな男たちの罵声《ばせい》や歓声《かんせい》をBGMに、身長二メートルはありそうな男の無表情面《づら》が隙間《すきま》から覗《のぞ》いた。

俺たちを文字通り見下ろす視線で一瞥《いちべつ》すると、

「入れ」

男が身を引き、俺たちはハルヒ先導のもと、地下の一室に足を踏み入れた。

そのまま奥に進もうとすると、

「待て。武器を渡《わた》せ」

大男はどうやらセキュリティかガードマンらしい。

武器なんか持ってたっけと思ったが、さっきまでピースメーカーを所持していたことを思い出し、しかしもうガンベルトなんてしてないがと身体《からだ》をまさぐると、その時ようやく、スーツの内側にショルダーホルスターがあることに気づいた。

中身を抜《ぬ》き取ると、コルト・ガバメントの重みがずしりと来た。同じコルト社製でもリボルバーからオートマチックに変化している。

ハルヒは「へぇ」と物珍《ものめずら》しそうに、朝比奈さんは例によってお手玉しつつ、長門は最小限の動作で、古泉は肩《かた》をすくめながら、扉の番人に銃《じゅう》を押しつけていった。

五丁の拳銃《けんじゅう》を楽々と抱えながら、大男はついてこいという風に顎《あご》をしゃくって歩き出す。

まるで雲の中のような紫煙《しえん》を掻《か》き分けて行くと、ちょうど部屋の真ん中ほどにでっかい丸テーブルがあり、一際恰幅《ひときわかっぷく》のいい男がロックグラスを片手に席に着いていて、近づく俺たちに蛇《へび》のような笑《え》みを向けていた。

仕立てのよさそうなダークスーツに黒ネクタイ、ほぼ俺たちと似たような格好だが、貫禄《かんろく》が違《ちが》う。いかにも名のあるギャングの若き兄貴分といった面持《おもも》ちだ。

それとなく周囲を観察する。

どうやらここが酒場らしい。部屋の奥はカウンターになっており、仏頂面のバーテンダーらしき男が黙々《もくもく》とグラスを磨《みが》いている。なかなかに広い空間にはところ狭《せま》しと丸テーブルが並べられ、中身の減った酒瓶《びん》がテーブル上で雑木林を形成していた。むせ返りそうなアルコール臭《しゅう》を覆《おお》い隠《かく》すレベルの紫煙の出所は、ほぼすべての客たちが咥《くわ》える煙草か葉巻にあった。

その客たちがまた、全員、同じダークスーツだった。つまり、今この地下酒場はギャングの貸し切り状態、あるいは出資者と経営者も客たちと同系列なのかもしれない。爺《じい》さんによると禁酒法時代だということなので確実にイリーガルだ。

「ボス」

俺たちをここまで案内してくれた大男が、笑う蛇のような男に何やら耳打ちして、ささっと持ち場に戻《もど》っていく。俺たちが携行《けいこう》してたガバメントは、途中《とちゅう》のテーブル上にぞんざいに転がされた。まあ、使いたいとは思わないから手ぶらになったことに別に不満はない。

蛇のようなボスが、

「お前らが最近売り出し中のSOSファミリーとやらか」

爬虫類《はちゅうるい》が無理矢理しゃべっているような声で言った。

団とファミリー、どっちで呼ばれる方がマシかと考えていると、

「まあ、あたしたちはとっくに家族みたいなもんだし、それでもいいわよ」

ハルヒが傲然《ごうぜん》と胸を反らす。蛇のボスは不気味に目を細め、

「お前たちみたいな若造に助太刀《すけだち》を依頼《いらい》するなんざ、やつらの組もいよいよヤキが回ったようだな、おい！」

ボスの周囲に居並ぶ取り巻き連中が、すかさずＨＡＨＡＨＡ！と嘲笑《ちょうしょう》色の哄笑《こうしょう》を放った。たっぷり十秒ほど騒《さわ》がしい笑い声に聞き入ってから、ボスはさっと右手を挙げる。

同時に笑いがピタリと止まった。

ボスが勧《すす》めたが椅子《いす》は一つしかなく、当たり前のことだがハルヒが悠然《ゆうぜん》と腰《こし》を下ろした。

「ま、座りな」

「飲み物はけっこうよ」

ハルヒは優雅《ゆうが》に微笑《ほほえ》みながら、

「ここにはお酒しかなさそうだし、あたしはいらない。酔《よ》っ払《ぱら》って記憶《きおく》をなくしたりすることが二度とないようにって自分に誓《ちか》ったことをついさっき思い出したのよね。あと個人的な意見を言っていいなら、禁酒法は天下の悪法だと思うけど、だとしても違法行為《いほうこうい》に手を出すより、政治的手段に訴《うった》えて改善を促《うなが》すべきだと思うわ」

ん？　俺の心の琴線《きんせん》に何かが引っかかった。

ハルヒのセリフの中に、決して聞き流せない一言があった気がする。だが、それが何か解らない。悪法？　いや違う。違法行為？　これも違う。政治的手段……？　もっと違う。記憶……。これでもない。何だ？　俺は何に引っかかった？

ハルヒとボスの会話は俺の疑問にかかわらず続行される。

「勝負って聞いて来たけど」とハルヒ。「賭《か》けるのはそっちがさらったカップルだけ？」

「もちろん連中二人だけってわけにはいかねえ」

ボスはグラスの中身をぐびりと飲み干す。脇《わき》にいる手下の一人がさっとボトルを傾《かたむ》け新しい液体でグラスを満たした。世界がモノクロなので解りにくいが、おそらく琥珀色《こはくいろ》をしているのだろう。

「こっちが勝てば、お前らを雇《やと》ったギャングのシマは俺たちのファミリーがそっくりいただく。一エーカーのあまりもなくな。違法カジノの賭場《とば》も密造酒の工場も喫茶店《きっさてん》のノミ屋に至るまで俺たちの傘下《さんか》になってもらう。安心しな、勝っても負けても人質は返す。あいつらはあくまでそっちと話がしたいから、そのきっかけ欲しさにちょっと付きあってもらっただけだ。俺たちはあくまで平和的な交渉《こうしょう》がしてえんだ。なあ、俺って実に公正な人間じゃねえか？　おい！」

再びＨＡＨＡＨＡＨＡ！とわざとらしい哄笑が湧《わ》いて響《ひび》き、ボスが手を挙げると同時に止まった。コントか。

ハルヒは笑えない喜劇の最前列でそれを観《み》ている客のような表情で、

「何となく、これまでのいきさつは解ったわ。んで、何で勝負するの？」

「ポーカーだ」

ボスは答え、スーツの懐《ふところ》から一組のトランプカードを取り出した。デックをぽんとテーブルに置き、

「ルールはシンプルにクローズド。最初に五枚ずつ配り、カードチェンジは一回だけ。それでできた役の大きさで勝敗を付ける。ジョーカーはなし、ブラフもチップもなしだ。OK？」

ハルヒは卓上《たくじょう》のカードを見つめつつ、

「いいわよ、それで。むしろ、そんなのでいいの？」

「嬢《じょう》ちゃん、カードを検《あらた》めなくていいのかい？　後でイカサマだなんだと難癖《なんくせ》付けられたくはねえんでな」

ボスのアドバイスに、ハルヒは真夏日のヒマワリのように微笑んだだけだった。

「一つだけ教えてちょうだい。ポーカーで一番強い役って、何？」

「おいおいそこからかよ。そんなもんロイヤルストレートフラッシュに決まってるだろう。まあ、まず出ねえがなあそんなの、なあ、おい！」

HAHAHAHA！　十秒後、サッ、ピタリ。

この時点では俺は引っかかりを覚えた何かを完全に見失っていた。手の中からするりと抜けていったウナギの魚影《ぎょえい》を川辺で虚《むな》しく見送っているようなイメージだ。こうしている間もどんどん手掛《てが》かりが希薄《きはく》になっていく。

ダメだ、まるで思い出せない。

……思い出せない？　何をだ？　思い出す必要があるものとは何だ。

だが、こんな疑問も秒単位で揮発していく。何だこれは。誰《だれ》かに思考を操作されているような感覚がある。いよいよ俺もどうかしてしまったのか。ファンタジー、SF、ウエスタン、ここはまともな世界ではない。なぜ俺たちはこんなところにいる？　ここは？　今は？　いったい誰が俺たちをこんな

「カードを配るのは、そうだな、おいそこのバーテン！　お前がやってくれ！」

ボスの依頼のような命令に、カウンターから仏頂面のバーテンダーがやって来た。カードデックを手にすると、慣れた手際で高速のヒンドゥーシャッフル、たっぷり十秒ほどカードを切った後、リフルシャッフルを加えてカードをいくつかの山に分けてカットし、最後にラフに切ってから、まずボスの前に五枚、次にハルヒの前に五枚のカードを配った。

見事な手際であり、さすがに見事すぎだ。まさかこのバーテンダーがボスの一味ではなく完全中立的存在であると認識《にんしき》する人間は、この世の果てを隅々《すみずみ》まで探しても見つからないだろう。自分の息のかかった者にシャッフルさせてこっちにはカットもさせない。これでイカサマでなければそっちのほうが不思議である。

それはハルヒにも解《わか》っているはずだ。

案の定、ハルヒが手にした五枚のカードは、クラブとダイヤで3のワンペアができてい

るだけの、かろうじてノーハンドでないだけマシというシロモノだ。

「ふうん」

と、ハルヒは扇状《おうぎ》に開いた五枚のカードを見つめて鼻を鳴らす。

一方、相手ボスはと言うと、手にした自分の五枚を掲《かか》げるようにして、

「おいみんな見ろ！　こりゃあツイてるぜ、マジかよ！　まったく、ここ一番って時の俺の守護天使は勤労意欲《いよく》がありすぎるってもんじゃあないぜ！　なあ、おい！」

ＨＡＨＡＨＡＨＡ！　今度の哄笑は十秒を超《こ》えて続行された。ボスが合図をしなかったからだ。手下の引き攣《つ》った馬鹿笑《ばかわら》いをＢＧＭにしたままボスは余裕《よゆう》の表情を浮《う》かべ、

「俺はこのままでいいぜ。そっちは何枚でも交換《こうかん》しな。ただし一度きりだ、心して選ぶんだな」

ハルヒは自分の手役を見つめ、それからボスの手のカード裏を見つめ、そして自身のカードを裏向けたままテーブルに投げ出すように置いた。

「あたしもチェンジはなしでいいわ。このままで勝負よ」

無作法な笑い声が止《や》んだ。

誰もがマジかよみたいな表情で固まっている。

それほど、ハルヒは自信満々な雰囲気《ふんいき》を全身から放射していたのだ。なおかつ、

ないわよ」

「カード、少しは替えたほうがいいんじゃない？　後からやっぱダメーってのは、通用し

そう進言する余裕すらあった。

「バカを言え」

ハルヒを蛇目で睨《にら》みながら、

「舐《な》めてんじゃねえ。俺のリアルラックはテメエなんざ目じゃねえんだよ。そっちがそうくるなら、こっちだって黙《だま》っちゃいねえ」

ボスもまた、手札を裏にして卓上に置いた。

「正真正銘《しょうしんしょうめい》、配られたカードだけで勝負だ」

よほどいい手らしい。つうか、これでボスの手が何かは誰の目にも明らかだ。

「あたしもいいわ」

ハルヒの視線はボスの伏《ふ》せたカードに据《す》えられていた。その顔に浮いている表情の意味を俺は知っている。自分の考えた悪巧《わるだく》みが順調に進行していることを示す、そんな笑みを抑《おさ》えようとして抑えきれない時の表情だ。

「これで勝負といきましょ」

ハルヒは言いながら、しかしなぜか席を立った。

「ただし、ここから勝負するのは、あたしじゃなくて、この娘《こ》よ」

ハルヒは流れるような動作で立ち上がると、まるでワルツを踊《おど》っているかのような仕草で長門の背後に回り、そして感心するヒマがないほど流麗《りゅうれい》なエスコートで、小柄《こがら》な文芸部員を先程まで自分が温めていた席に座らせた。

「…………」

長門は何度か短く瞬《まばた》きをしただけだったが、それだけでも長門にとって充分《じゅうぶん》意表を突《つ》かれた事態であったことが解る。

一瞬《いっしゅん》にしてプレイヤーがハルヒから長門に代わっていた。

だが、だとしても、何の意味があるんだ？　さしもの長門有希《ゆき》でも、３のワンペアで、おそらく最強の役を握《にぎ》っている相手ボスに、ブラフなしのストレート勝負で勝てるとは思えない。それこそイカサマでもしない限りだ。

ハルヒは長門の耳元に口を寄せ、

「有希、思い出して。あなたは魔法使《まほうつか》いなの。どんな不可能も可能にする、有希・ザ・ウイザードよ。イカサマなんか目じゃないわ。本物の魔法を見せてあげなさい」

言ったかと思うと、どこからともなく黒っぽいツバ広のとんがり帽子《ぼうし》を取り出し、長門の頭に載《の》せた。

「…………」

目の前の光景がぐにゃりと歪《ゆが》んで見えた。一瞬、何か予定外の出来事が起きたような——あたかもこの世界そのものが慌《あわ》てているような気配がし

長門は無反応だが、俺はとんでもなく強烈《きょうれつ》な既視感《きしかん》を抱《いだ》く。

この長門の姿を、どこかで見たことがある。その時、長門は魔女のような帽子だけでなく、マントまで羽織っていて……。

目を凝《こ》らしてもう一度見ると、長門は俺の謎《なぞ》の記憶にある通り、暗色のとんがり帽と黒マント姿で座っていた。

「…………」

長門の視線は伏せられたハルヒカードの五枚に向けられている。

一体どうやってポーカー勝負に勝てばいいのか、思案しているような気配だったが、またしてもハルヒが腕《うで》を一振《ひとふ》りして、

「はい、これ」

ハルヒが長門に差し出したのは、銀色の棒の先に五芒星《ごぼうせい》の飾《かざ》りが付いたシロモノだった。

「スターリングインフェルノ」

呟《つぶや》きが漏《も》れる。俺の口からだ。古泉と朝比奈さんがハッとした顔で俺を見る。その棒の

名称《めいしょう》に心当たりがあるのは俺だけではないという証左だった。だが、なぜ知っているのかは解らない。その二人も同じだろう。そんな確信だけはあった。

俺の疑問をよそに、禁酒法時代ポーカーバトル編は続く。本当にそんなタイトルなのかどうかは最早《もはや》どうでもいいが。星付き棒にしろ魔女のような装束《しょうぞく》にしろ、んなもんハルヒがどこから取り出したのかとか、ここでツッコミを入れるタイミングではない。物語の流れに反することはすべきではない。いや、できないのか。

「…………」

長門は受け取った星付きの棒を、じっと眺《なが》めている。

いつかどこかで見た何か。それを思い出そうとしているようにも思える。

固まった小柄な黒ずくめの後ろ姿。ハルヒは背後から長門の両肩《りょうかた》に手を置いて、耳元に唇《くちびる》が触《ふ》れるほど近づけ、何やら小声で囁《ささや》いた。

何らかの指示であったのだろう、長門は手にした棒を掲げるように持ち上げると、相手のギャング団含《ふく》め俺たちの視線を一身に浴びる中、棒の先端《せんたん》をゆっくりと振り下ろした。

「…………」

裏返しのトランプカードを、棒の先端の星飾りで、五枚続けてちょんちょんちょんと触れていき――。

そして、それだけだった。

沈黙《ちんもく》の時間は三十秒ほど、ようやくボスが言った。

「何の真似《まね》だ、それは」

俺の疑問の代弁でもあるな。長門はハルヒが投げ出した五枚のカードの裏を、同じくハルヒから渡《わた》された謎の棒でつついただけだ。

手品やイカサマの類《たぐ》いならば、もう少しこう、何かあるだろう。しかし、この衆人環《しゅうじんかん》視《し》の中では、どれだけ手癖《てくせ》の悪さを繕《つくろ》ったとしても即座《そくざ》に見咎《みとが》められたに違《ちが》いない。

いったいハルヒは長門に何を囁き、長門は何を実行したのか。

「念のため確認するわ」とハルヒが笑《え》みとともに言った。「これであたしたちのカードがそっちのより強い手だったら、こっちの言い分が全部通るってことでいいのよね？」

挑《いど》むような口調に、蛇《へび》目のボスはしばらく沈思《ちんし》してから、

「ああ」

その視線は自身の前にある裏返しの五枚のカードに向けられている。いったいなぜ手札をテーブルに伏せて置いてしまったのか……？　そんなことを今さら考えているような表情だった。

視線は次にカードを配った人物へと向けられたが、そこは無人の空間だった。当のバー

テンはいつの間にやらカウンターの内側にいて、黙々《もくもく》とグラスを磨《みが》いている。

ボスの顔が凶悪《きょうあく》な色に歪んだ。何らかの計算違いが起きているのを悟《さと》ったのだろう。

「負けるはずはねえ」とボス。「俺のハンドは最強だ。イカサマの気配もなかった。こいつの強気はハッタリだ。意味のない行為《こうい》だ」

まあ、純粋《じゅんすい》に手札の役の強弱で勝負を決めるルールだから、競技ポーカーのようなブラフや駆《か》け引きなどこの一戦に限っては存在しない。

ボスは勝ちを確信している。しかし得体の知れない何かを感じている。

ハルヒと長門。この二人が息を揃《そろ》えて悪事を働いたら、考え得るべき最悪の事態を生むだろう。しかしこの場において、その最悪をこうむるのはクソ小物臭《しゅう》のするギャングのボスとその一味に過ぎない。全力で看過して俺の良心はまったく痛まないというものだ。

「じゃあ勝負といきましょ」

ハルヒはにこやかに、

「せーの、でカードを表にして出す。それでいいわよね」

黒スーツの手から伸《の》びたハルヒの右手が、伏せていたカードを五枚まとめて掬《すく》い取る。

ボスも釣《つ》られたように同じ動作をし、

「せーの、はい！」

ハルヒとボスの手札が、同時に白日の下にさらされた。

室内灯に照らされた五枚のカード、×2。

一つは、3のワンペア。

そしてもう一つ、スペードのロイヤルストレートフラッシュだった。予想通り、最強の手役である。

予想と異なっていたのは、それぞれのカードの持ち主だった。

凍《こお》り付いたような沈黙が違法《いほう》酒場を覆《おお》っている。

「………………」

長門がどれほど驚《おどろ》いてるのかは、俺には判別できなかった。このマジックの実行犯が長門なのかハルヒなのか、どう考えたらいいのか見当が付かなかったからである。

だが、相手ギャングのボスにとっては下手人がどちらかなど、ささいな違いでしかない。

彼は叫《さけ》んだ。

「ありえねえ！」

そう言いたくなる気分もよく解《わか》る。確かにあり得ざる事が起きていたからだ。

ボスとその取り巻きの目玉は、今にも零《こぼ》れ落ちんばかりに見開かれていた。

「そんなバカな……！」

ボスが自分の手でテーブル上に広げた五枚のカード、それは3のワンペアだった。数分前にハルヒに配られた手札とまったく同じである。

そして長門の前にはスペードの10、ジャック、クイーン、キング、エースが灯《あか》りに照らされ燦々《さんさん》と輝《かがや》いていた。

お互《たが》いがカードを伏せていたのはごく短時間、そのわずかな間に、そっくり手札が入れ替《か》わっている。それも相手のカードには指一本触れず、長門のしたことと言えば、裏向きのワンペアデックを棒でつついただけ。

ボスが唸《うな》った。

「イカサマだ……！」

「いいえ、魔法よ。そう言ったでしょ？　有希は魔法使いなの。ちょっとだけ悪い魔法使い。でもあんたたちみたいなのが相手なら、多少の悪巧みは許されるわよね」

魔法使いならちょっと前に朝比奈さんがやってたはずだが。

「みくるちゃんはカードゲームに向いてなさそうだから」

こんな状況《じょうきょう》で隕石《いんせき》が降り注ぐことになれば目も当てられない。

もう用は済んだとばかりに、

「……………」

長門が席を立った。元の黒スーツ姿に戻《もど》っている。魔女っ娘《こ》のような帽子もマントもどこかに消え失《う》せていた。

俺は長門に小声で、

「ハルヒに何て言われたんだ？」

「手札を入れ替えるマジックを使うように言われた」

で、やったのか。

「わたしは何もしていない」

つまりハルヒか。あいつの思い込みパワーがカードを瞬時に入れ替えるイカサマを実行したか。物体入れ替え。アポートとアスポートの同時利用……まあ、考えるだけ無駄《むだ》か。

古泉がフォローするように、

「テーブルマジックでよく見る手品の一つですよ。目にも留まらない速度でカードをすり替えるんです。人間の目の特性を逆手に取った――」

言ってる最中に、よく考えるまでもなくこんな何でもありのような世界で魔法や宇宙的超《ちょう》技術を取り繕う必要はないと気づいたか、最後のほうは苦笑混じりになった。

ハルヒは満面の笑みでもってギャングたちの前に立ちはだかった。

「勝ちは勝ちよ。条件はそっちが言い出したんだからね、さっさと履行《りこう》してちょうだい」

睥睨《へいげい》するように室内を見渡《みわた》し、

「それで、人質はどこ？」

ギャングたちが揃ってフリーズしたように静止した。不自然なまでの完全停止の後、ボスがいかにも重そうに口を開き、

「何の話だったかな？」

とぼけようとしているみたいだったが、表情が硬《かた》い。まるで台本にないセリフを無理矢理喋《しゃべ》っているアナウンサーのような口調である。

ひょっとしたら、このポーカー対決は最初からこっちの負けイベントだったのか？　まさか勝つとは思っていなかったから誘拐《ゆうかい》された二人が姿を現すことはなく、用意もされていない。それをハルヒのイカサマパワーによって勝っちまったもんだから、何もかもがワヤになっている最中、というのが今なのか。

ハルヒは腰《こし》に手を当てる仁王立《におうだ》ちのまま、

「勝っても負けても返してくれるんじゃなかった？　誰《だれ》だっけ？　とにかく若い男女よ、名前は知らないけど」

「うるせえ、このイカサマ野郎《やろう》」

ボスが胸元から取り出した拳銃《けんじゅう》を構えると、残りのギャングたちもこぞって銃口を俺

たちに向けてきた。こちらのエモノは奪《うば》われたきりである。

このままでは五人そろって蜂《はち》の巣《す》だ。さて、どうしたものか。

と、その時——。地下酒場の戸口の外から、聞き覚えのある声が叫んだ。

「シカゴ市警のガサ入れだ！」

次の瞬間《しゅんかん》、厚い木のドアが錠前《じょうまえ》ごと蹴破《けやぶ》られ、ヘルメットとプロテクタースーツに身を包み、透明《とうめい》なシールドを携《たずさ》えた一団が雪崩《なだ》れ込んできた。

「全員動くな！　武器を捨てて床《ゆか》に伏《ふ》せろ！」

先頭の警官がグロックとおぼしき銃を構え、しかしながらその指示に従ったのはＳＯＳ団の五人だけだった。ハルヒが素直《すなお》に伏せたのにも驚いたが、ギャング団の驚きは比ではなかった。

「シカゴ市警だと!?」

それでもそこは裏社会の住人たちだ、即座にテーブルを蹴り倒《たお》し、店内に即席《そくせき》のバリケードを作り上げる。銃口は俺たちから新規の客たちに向き直され、まずは一安心。

それにしてもシカゴ市警とやらの格好が妙《みょう》だ。二十一世紀初頭を舞台《ぶたい》にしたドラマのような、近代的な装備と武装をしている。今は一九二〇年代じゃなかったのか？　どこかで違う二つの物語の設定が混線したような違和感《いわかん》がある。

案の定、ギャングたちは戦国時代テーマの大河ドラマの終盤《しゅうばん》に突然《とつぜん》エイリアンが現れて関ヶ原《せきがはら》で徳川《とくがわ》軍と戦い始めた、みたいな歴史改変ぶりを目撃《もくげき》した視聴《しちょう》者のような驚愕《きょうがく》の目を招かれざる客に向けていたが、その警官グループもまた、どこか戸惑《とまど》った様子で銃を構えている。しかしながら職責を果たそうとする勤労意欲《いよく》のほうが上回ったのか、

「違法賭博《とばく》の現行犯で逮捕《たいほ》する！　全員武器から手を離《はな》せ！」

色々ツッコミどころのあるセリフであるものの、とりあえず密造酒に関してはどうでもいいらしい。っと、ここで俺は店に入る前の爺《じい》さんのセリフを思い出した。なるほど、これがドサクサか。しかし二組の武装集団に囲まれて、どうやって逃《に》げたらいいんだ？

突入《とつにゅう》してきた警官隊と黒服ギャングたちの間に、ただひたすら虚無《きょむ》な時間が流れていた。お互い銃の引き金に指をかけた状態で睨《にら》み合う極限状態がいつまでも続く――。

その流れを断ち切ったのはハルヒだった。

俺の横でうつ伏せになっていたハルヒの手が、緩《ゆる》やかに持ち上がる。バンザイかホールドアップの形だが、手のひらは二つとも内側を向いていた。まるで神社の賽銭《さいせん》箱の前であるような、

パン！

柏手《かしわで》のような、いや柏手そのものの音が室内の空気を切り裂《さ》いた。

それが銃撃戦の合図となった。

俺たちの頭上を、鉛玉《なまり》が右から左から飛び交う。悪夢のような事態だった。

「うひゃあ！」と朝比奈さんが頭を抱《かか》え、長門は徹夜《てつや》明けの新卒新入社員がベッドに倒れ込んだような姿勢で伏せている。横を向いた顔の目はちゃんと開いているので泥《どろ》のような眠《ねむ》りに落ちているわけではなさそうた。古泉が匍匐《ほふく》前進で俺の横に来て、銃声に掻《か》き消されない程度に大声で、

「とりあえず身を隠《かく》しましょう！」

どこ行きゃいい。入り口はシカゴポリスに占拠《せんきょ》されている。

「バーカウンターの奥へ！　先程バーテンダーのかたが奥に引っ込むのを見ました！　拳《けん》銃弾《じゅうだん》程度なら防げるのでしょう！」

そこしかないのなら仕方がない、俺はハルヒをつつき、指先でカウンターを指し示す。ハルヒは頷《うなず》いて匍匐前進を開始、俺は左手で朝比奈さんを抱えながら、右手だけで酒場の床を這《は》い進む。まるで塹壕《ざんごう》の中を移動する負傷兵のごとき有様だ。

スーツをホコリまみれにしてカウンターの内側に辿《たど》り着いた俺たちを、仏頂面《づら》のバーテンダーが無言でグラスを磨《みが》きながら出迎《でむか》えた。床に腰を下ろし、じろりと俺たちを一瞥《いちべつ》して、グラス磨きの仕事に戻る。無口というよりか元から音声ファイルが設定されていない

モブキャラみたいな感じを受ける。

銃声は途切《とぎ》れることなく続き、店内の紫煙《しえん》が煙草《たばこ》のものか火薬のそれか区別がつかなくなった頃《ころ》、どこかでベルの音が鳴った。

目覚まし時計のような耳に障《さわ》る音の出どころは、カウンターの上だった。バーテンがひょいと手を伸《の》ばし、騒音《そうおん》の主である電話機を降ろした。骨董《こっとう》品としか思えない古風な受話器を取り、しばらく耳に当ててから、無言で俺に渡《わた》してくる。

あいにく通話の相手は一人しか思い当たらない。

「もしもし、爺さんか」

『おう、わしじゃ。カウンターの奥にある戸棚《とだな》が隠し扉《とびら》になっておる。裏口に出られる通路があるので、そこから脱出《だっしゅつ》せい。車で待っておるぞ』

切れた。

俺はバーテンに受話器を返しつつ、おそらく食器棚らしき戸棚を指差し確認《かくにん》する。バーテンは俺の指先が示す先を見ると、やはり無言のまま戸棚を開けた。

人が一人通れるほどの通路が続いている。

何か礼をしたかったが持ち合わせがない。俺は片手でバーテンを拝みながら、隠し通路へ飛び込んだ。後をハルヒ、長門、朝比奈さん、古泉が追ってくるのを確認して暗がりの中を進んでいく。途中、階段になり、上り切ったところに重いドア。苦労して引き開けると、モノクロームのビル街に出ることができた。

待っていた車はここに来たものと車種が違《ちが》っている。フォード・サンダーバードのオープンカーだ。

当たり前のように運転席にはシカゴ市警のコスプレをした爺さんが鎮座《ちんざ》している。

これもアフターサービスのうちか？

「早《は》ようせい。追っ手がかかっておる」

パトカーのサイレンが接近中、それも複数台だ。違法賭博の罪状にしては大がかりだな。

ハルヒが助手席に飛び乗り、残りの四名がリアシートに無理矢理に身体《からだ》をねじ込む。サンダーバードがスムーズに発進、そのまま大通りの車列に加わっていく。

しばらくして、俺は目を瞬《しばたた》いた。何か妙だと思ったら、いつの間にか世界に色彩《しきさい》が戻っている。そのまま時代が進んだのかと思ったが、どうやらそれは時期尚早《じきしょうそう》だった。

視界の左右を通り過ぎる街並みが徐々《じょじょ》に途切れ途切れになり、まもなくＳＯＳ団一行を乗せた車は市街から離れた未舗装《ほそう》の森の中を走っていた。

「次はどこ？」

と、ハルヒは訊《き》いたが、俺としては「次はいつだ」と尋《たず》ねたいね。

「さてさて」

　爺さんはハンドルを固く握《にぎ》ったまま、

「わしもまたそなたらと同様、翻弄《ほんろう》される身にすぎん。いや、そなたたちより哀《あわ》れよの。わしはどこからも来ず、どこにも行けぬ、この世界に生み出された永遠の召使《めしつか》いなのじゃ」

　爺さん、どこまで知っている？

「何も知らんし、知らされておらんよ。それが残念なことなのかどうかも、わしには解《わか》らんのじゃ」

　少しずつ爺さんの声が遠くなっていく。目に映る風景が滲《にじ》むように霞《かす》み、次に焦点《しょうてん》を取り戻《もど》した時には、やはりと言うか、また俺たちは衣装《いしょう》チェンジをしていた。

　俺と古泉は葬式《そうしき》帰りのようなスーツから結婚《けっこん》式に趣《おもむ》く招待客のようなスーツ、つまりあんまり変わってない格好だが、ハルヒと長門と朝比奈さんはやたらと古風でひらひらの多いパーティドレスを纏《まと》っていて、アクセサリーは色とりどり、髪《かみ》も丁寧《ていねい》に結い上げられている。男女差が酷《ひど》くないか。

　加えて、やけに尻《しり》が硬いと思ったら、乗っているのは明らかに自動車のシートではない木造の座席だ。窓をこじ開けて見て理解した。ここは二頭立ての馬車の中だ。

　栗毛《くりげ》の馬が二頭並んでポクポクと走っている。馬具から伸びたハーネスを御者台《ぎょしゃだい》で握っているのは、シルクハットを被《かぶ》った爺さんだった。

この馬車が停《と》まった先で、今度は何をするハメになるのか、それはまったく予想できないが、ただ一つ確信があるとしたら、それが最後の冒険《ぼうけん》になることはないだろうという予測だった。いったい俺たちは何をやらされているのだろう？

その何かは十七世紀のイギリスっぽい国を舞台に国王暗殺計画を阻止《そし》せよというものだった。旧教勢力と結びついた議会派の一党が、王宮でおこなわれる仮面舞踏《ぶとう》会の最中に国王夫妻を宮殿《きゅうでん》ごと爆破《ばくは》しようという恐《おそ》るべき計画が進行していた。俺たちは王党派貴族の命を受け、舞踏会会場に潜入《せんにゅう》して爆破計画を阻止するとともに犯人勢の捕縛《ほばく》をする身の上となる。案の定、ずいぶん若く見える国王夫妻はいつもの元王子と元姫《ひめ》だ。なんやかんやあってテロは未然に防がれ、代わりに犯人一同が爆発四散したが、その爆風に巻き込まれた俺たちが目を開けると、また別の世界にいた。

その次の何かは第二次世界大戦中のヨーロッパの出来事だった。英国情報部から「ちょっとドイツまで行ってエニグマをパクってこい」というスーパー無理難題を二つ返事で安《やす》請《う》け合いしたハルヒに従い、俺たちはドーバーを渡りドイツ占領《せんりよう》下のフランスを経由してベルリン入りする。その後、あれやこれやがあって首尾《しゆび》よく暗号機エニグマを盗《ぬす》み出した俺たちだが、カレー港から夜陰《やいん》に紛《まぎ》れて乗り込んだアメリカの潜水艦《せんすいかん》がドイツ海軍の駆《く》逐艦《ちくかん》に捕捉《ほそく》されてしまい、どこかで観《み》た潜水艦映画の定番のような展開を経た後、沈《しず》みゆく潜水艦と炎上《えんじよう》する敵艦を背景にゴムボートで漕《こ》ぎ出したあたりで意識が飛んだ。

次は刑事《けいじ》もので、連続爆破魔《ばくはま》が出題するクイズみたいなヒントに右往左往しながらあちこちに仕掛《しか》けられている時限爆弾《ばくだん》を解除していくという、なんか爆破ネタが多くないか？そのまた次は平安貴族となって宮廷《きゆうてい》でドロドロの政争を演じるというもので、見るべきところは三人娘《むすめ》の十二単《ひとえ》くらいだった。

お次はヴァンパイアハンターとなって吸血鬼《きゆうけつき》の巣窟《そうくつ》に乗り込んだ。

次はポストアポカリプスみたいな世界観の廃墟《はいきよ》でイカれたロボットの群れを一掃《いっそう》した。

次はアラビアンナイトの世界でランプ争奪《そうだつ》戦に明け暮れ、続いて江戸《えど》ゾンビ捕物帖《とりものちよう》、また潜水艦に戻って核《かく》ミサイルの発射を巡《めぐ》る神経戦、残念な結果に終わった木星太陽化計画、デスゲーム迷宮脱出指令、タイムスリップ恐竜《きょうりゅう》大決戦、エトセトラ、ｅｔｃと続き――。

そして今、俺たちは大海原《うなばら》のまっただ中にいた。

半壊《はんかい》したクルーザーの甲板《かんぱん》で、このままでは遠からず干物になることだろう。三百六十度どこを見てもひたすら水平線が広がっており、救助に来てくれそうな船のマストも煙突《えんとつ》も見えない。

おり悪く、本日は終日快晴だ。じりじりと照りつける日光をカリブ海の水面が反射し、俺たちの肌《はだ》をこんがり焼こうとしているかのようだ。

「あっちぃ」と俺は空を仰《あお》ぐ。

スチュアート朝時代のイギリスやら、ゾンビの蔓延《まんえん》する江戸時代やら、冷戦下の潜水艦の中やら、第二次大戦中のドイツやらなんやらといった、世界を漫遊《まんゆう》する旅を強制的に続けさせられている俺たちが次に辿り着いたのは、アメリカのどこかの海岸だった。

のどかなビーチが広がる砂浜《すなはま》を前にして、ここではバケーションを楽しめばいいのかと安堵《あんど》するヒマもなくサメ退治の依頼《いらい》が舞《ま》い込んだ。聞けば凶悪《きょうあく》な人食い鮫《ざめ》が沖合《おきあい》で猛威《もうい》を振《ふ》るっているため、そいつを退治してこいという。例によって依頼の形をとってはいるが、ほとんど命令だな。いつもの如《ごと》くあっさりゴーサインを出したハルヒに付き従い、SOS団一行は誰《だれ》かが用意した高速クルーザーに乗り込むと勇躍《ゆうやく》、サメをぶちのめしに向かった。

そこからが大仕事であった。実は二匹《ひき》いた人食いシャーク、体長五メートルはありそうなジョーズコンビとの戦いは死闘《しとう》を極《きわ》めた。最終的に二体の人食い鮫のビッグマウスにダイナマイトを突《つ》っ込んで爆散させるまで、文字通り朝から晩までかかった。おまけにその際、クルーザーのエンジンを囓《かじ》り取られてしまい、動力を失った船は潮の流れに乗って沖《おき》へ沖へと流され行く始末。助けも来ず、世界移動もなく、することもないので俺たちは交《こう》替《たい》で眠り、とりあえず船にあった釣《つ》り竿《ざお》で食料確保に努めつつ、などしているうちに翌朝になり、現在そろそろ昼である。

幸い、飲料水のペットボトルはクルーザーのキャビンにたっぷりと用意されていたから、即座《そくざ》の干物化は避《さ》けられそうだが、いかんせん退屈《たいくつ》だ。いつもならそろそろ別の世界に弾《はじ》き飛ばされている頃合《ころあ》いだが、いったいどうしたことだ。ここですべきことはもう果たしたはずだが。

「もはや」と古泉が釣り糸を垂れている俺の横に来て言った。「ミッションを完了《かんりょう》しようが、失敗しようが、どうでもいいのかもしれません」

ハルヒ、長門、朝比奈さんの三人娘は甲板に設《しつら》えたデッキチェアに水着姿で寝《ね》っ転がって日光浴をしている。

水着もサングラスも日焼け止めローションもトロピカルドリンクに至るまで、探し始めた途端《とたん》、船内で見つかった。用意がいいというレベルを超《こ》えた至《いた》れり尽《つ》くせりだ。

俺はピクリともしない釣り糸を眺《なが》めつつ、

「ではどうすればいいんだ？　俺たちはここで何をしているんだ？　どうすりゃ、このへタなゲームかZ級映画みたいな世界をあっちこっち飛ばされる苦行から逃《に》げられる？」

「それについては一つ、考えたことがあるのですが……」

この世界からの脱出方法が解ったのか？

「いえ、そちらに関しては見当も付きませんが、我々が陥《おちい》っているこの状況《じょうきょう》、この世界が何なのか、なぜ我々はここにいるのか、一つの仮定を思いつけたように思います」

古泉の表情と口調は、それがグッドニュースではないことを物語っていた。

この期《ご》に及《およ》んで気の滅入《めい》りそうな情報を耳にすべきかどうか、俺が逡巡《しゅんじゅん》していると、頭上の照りつける太陽の日差しが急速に陰《かげ》った。

「なんだ？」

顔を上げると、クルーザーの周囲に霧《きり》が発生していた。海面から白い湯気のようなものが立ち昇っている。前触《まえぶ》れもなく湧《わ》きだした霧はみるみるうちに濃密《のうみつ》になっていき、俺たちの視界を奪《うば》った。

ハルヒがサングラスを外して半身を起こし、右舷《うげん》を指差した。

「何かが近づいてくるようね」

目と勘《かん》だけはいい団長の指摘《してき》は正確無比であり、濃霧《のうむ》の中を巨大《きよだい》な影《かげ》のようなものがゆっくりと向かってくる。サメ二匹の次はまさか白鯨《はくげい》か？

俺がエイハブ船長の末路を脳裏に思い描《えが》いていると、海上に浮《う》かぶ俺たちの前に霧を割り広げるようにして現れたのは、ドデカい木造の帆船《はんせん》だった。海賊《かいぞく》ものの映画か何かでよく見かける、昔のガレオン船だ。

難破したプライベートクルーズ船の救出に来るにしては旧式すぎるな。

そのガレオンは俺たちの船の至近にぴたりと接舷《せつげん》すると、しばらく様子を窺《うかが》っているような気配を発していたが、何やら上の方でごそごそガヤガヤしたのち、するすると縄梯《なわばし》子《ご》が降りてきた。

どのみちエンジンをなくした小舟《こぶね》の上でいつまでも日光浴をしているわけにはいかない。

ええい、ままよ、と手を伸《の》ばした俺の指先をハルヒの肩《かた》がかすめた。

「あたしが先に行くわ。キョン、あんたは最後よ。みくるちゃんが落っこちないように見てるのよ」

カラフルなビキニ姿のハルヒが猿《さる》のごとき器用さで縄梯子を登っていく。その後を長門が音もなく続き、古泉が「お先です」と言って後を追う。おっかなびっくりの朝比奈さんは揺《ゆ》れる縄梯子に案の定、「あひゃあ」と時たま足を踏《ふ》み外し、その御御足《おみあし》に何度か顔面を蹴《け》られつつ、俺もやっとの思いでよじ登る。

甲板へ這《は》い上がる俺を、太い両腕《りょううで》が軽々と引っ張り込んだ。

そいつの顔は陽《ひ》に焼けた赤ら顔の髭《ひげ》モジャの男で、俺が無事船の上に足を下ろすのを確《かく》認《にん》すると、ニヤリと笑って仲間のもとに戻った。

ガレオン船の甲板に船員たちが勢揃《せいぞろ》いしていた。

全員がテーマパークの海賊ステージに登場しそうな着古したシャツとズボンを身に纏《まと》い、今にもラム酒を回し飲みし出しそうな酒焼けした顔つきで、明らかに頭脳より暴力を用いた仕事に従事してそうな荒《あら》くれオーラを身体《からだ》に充満《じゅうまん》させている。うち数名は片方の目に黒い眼帯まで装備して、解りやすく自分たちの職業を誇示《こじ》してくれていた。

人種はもう坩堝《るつぼ》といっていいほどまちまちで、何人《なにじん》が何人《なんにん》いそうだとか数える気にもならない。とにかくこれは海賊船で、連中は海賊だ。

俺はその中に例の爺《じい》さんが交じってないかと目を探索《たんさく》モードにしてみたが該当《がいとう》者はなく、ここんとこ見ないな爺さん。役目を終えたのか。

ハルヒが一歩前に進み、海賊どもを睥睨《へいげい》しつつ、

「出迎《でむか》えご苦労様」

朗《ほが》らかに言うと、船員たちは、

「お帰りなせぇ、キャプテン」

口々に歓迎《かんげい》の挨拶《あいさつ》を言いながら、俺たちを船内へと案内する。

ハルヒは苦しゅうないと言いたげに手を挙げながら、

「この船、シャワーついてる？　ある？　んじゃまずそれで、あとはとりあえず着替《きが》えたいわ」

おそらく幹部クラスの海賊数名が「へえ、へぇ」と平身低頭のポーズでハルヒを船尾楼《せんびろう》に誘《さそ》い、俺たち団員も黙《だま》ってついていく。この時になって霧が完全に晴れていることに、ようやく気づいた。再び太陽はせっせと核融合《かくゆうごう》の光を頭上から浴びせており、ただし空気はカラッとしているのでそれほど暑くはなく……。

どうやらいつのまにか世界を遷移《せんい》していたらしい。あまりにシームレスだったのでそんな感覚がなかった。

ごく自然にハルヒが船長室に通されたことには、もう不思議も何も感じない。海賊船に乗り込んだハルヒが他の役職に甘んじるなど、それこそ地球が逆回転に回り出したとして

もありえんからだ。

船長室はこの手の船にしてはそこそこ広く、応接間と寝室《しんしつ》と作戦会議室を兼《か》ねたような造りで、おまけにシャワールームまで設置されていた。と言っても、壁《かべ》の上についたジョウロのような蛇口《じゃぐち》から日光で温まった真水が降ってくるというだけの原始的なシャワーで、たったいま突貫《とっかん》工事で取り付けましたみたいな雰囲気《ふんいき》すら感じる。

では、五人交替で汗《あせ》と潮の匂《にお》いを洗い流し、水着以外の衣服に着替えるとするか——と、考えた瞬間《しゅんかん》、俺はシャワーを浴び終え、着替えも済ませている自分がいることに気づいた。

「あれっ？」

と朝比奈さんが狐狸妖怪《こりようかい》の類《たぐ》いに化かされたような声をあげ、自分の手足を見下ろした。つられて俺もそうする。

開襟《かいきん》シャツにベスト、コルセールパンツっぽいズボンを革ベルトで締《し》めて足にはブーツを履《は》き、頭には派手なガラのバンダナを海賊巻き。いかにも十七世紀あたりのカリブ海を根城にしてヨーロッパ諸国の商船を相手に猛威を振るっていそうな、典型的なフィクションの世界における海賊の下《した》っ端《ぱ》のようなスタイルだった。

そんな中でもハルヒだけはやはり格別で、きらびやかな刺繡《ししゅう》の入った上衣を羽織ったあげく、頭の上にはドクロマーク付きの海賊帽《ぼう》を載《の》せて、テーブルの上座に鎮座《ちんざ》している。

「あれっ？」

朝比奈さんが疑問符《ぎもんふ》を生むのもしかたない。いつの間にか俺たちはコマ送りでもされたようにテーブルを囲む席に座らされていた。すかさず給仕係の船員が、俺たちの前にビスケットの入った皿と紅茶の淹《い》れられたティーカップを置いて回る。ビスケットは鬼瓦《おにがわら》のように硬《かた》く、紅茶は独特の風味がしたが、案外味は悪くない。

「それで？」とハルヒが問う先には、幹部っぽい眼帯姿の海賊がいた。テーブルから数歩離《はな》れたところに直立不動で立っている。

「ここでは何をすればいいの？」

ビスケットをチョップで割っているハルヒに、

「は、まずはこれを」

海賊がうやうやしく取り出し、献上《けんじょう》したものは巻かれた羊皮紙だった。

ハルヒはそいつを広げて一瞥《いちべつ》すると、眉《まゆ》をひそめて、

「何て書いてあるの？　これ。ヒゲ文字すぎて読めないわ。有希、解読して」

長門はクルミを与《あた》えられたシマリスのように、両手で持ったビスケットをついばんでいたが、

「…………」

受け取った羊皮紙をじっと見つめ、

「女王陛下の御名《みな》において、我々は貴殿《きでん》らがその義務を果たすことを期待する。新たなる大陸の海域にて遊弋《ゆうよく》し、我が国最大の障害、スペイン船を蹂躙《じゅうりん》せよ。なお貴殿もしくは貴殿の仲間が捕《と》らえられ、あるいは殺されても我が国は一切《いっさい》関知しない。また、この命令書は自動的に消滅《しょうめつ》する」

淡々《たんたん》とした声が読み終えた瞬間、どんな仕組みなのか羊皮紙が燃え上がった。

何かいくつかの名言を適当にコラージュしたような文面だったが、ツッコミを入れるつもりはない。

「…………」

長門は炎《ほのお》を吹《ふ》き上げる羊皮紙をぽいっとテーブルの上に放る。落ちる頃《ころ》には、それはほとんどが灰になっていた。魔法《まほう》がかかっていたとしか思えない。

「なるほどね」

ビスケットを奥歯で嚙《か》み砕《くだ》きながらハルヒが、

「私掠《しりやく》船ってわけね。別にイギリスのために働きたいとは思わないけど、面白《おもしろ》そうだからやってあげるわ。サメよりは歯ごたえがあるでしょ」

海賊帽を指で弾くハルヒは、バチッという音が聞こえるのではないかと思えるほどの勢いで、ウィンクをした。この場に居る誰《だれ》でもない、どこかの誰かに向けて。

それからしばらく、通りかかる船を片《かた》っ端《ぱし》から襲《おそ》っては宝箱に入った財宝を根こそぎ奪い去るという完全なる海賊行為《こうい》に邁進《まいしん》することになった。

ハルヒ自らマストてっぺんの物見台に陣取《じんど》り、その猛禽類《もうきんるい》じみた視力で船影《せんえい》を認めるや、

「敵船発見！　突撃《とつげき》よ！」

との掛《か》け声も勇ましく、アルファベットのＳＯＳに髑髏《どくろ》を掛け合わせたような文様の旗が掲《かか》げられ、船員たちの鬨《とき》の声を拡声器のごとく撒《ま》き散らしつつ、我らが〈ゴールデンフリース号〉（命名ハルヒ）は単艦《かん》、獲物《えもの》の商船めがけて突《つ》っ込んでいく。

ハルヒ的には衝角《しょうかく》で突撃したかったようだが、幸いこのガレオンにはそのような物騒《ぶっそう》な武装はなく、船の横腹をぶつける程度に収まり、船員たちが投げ込む鉤爪《かぎづめ》付きのロープで連結固定すると、これまた荒くれ者たちが雄叫《おたけ》びを上げつつ、サーベルかマスケット銃《じゅう》片手に乗り込んでいく。

攻撃《こうげき》対象となった船の中にはスペインではなくイングランド旗をへんぽんと翻《ひるがえ》している船団もあったような気がするが、おかまいなしとはこのことで、敵を欺《あざむ》くにはまず味方

からとばかりに問答無用で無差別襲撃《しゅうげき》、その船倉にあった金目のものは残らず運び出して、あまりの重みに〈ゴールデンフリース号〉が一度ならず転覆《てんぷく》しかけたほどだ。

そうして奪取《だっしゅ》した金銀財宝は根城にしている名もなき小島に運び込まれ、今やちょっとした小山になっている。この調子では将来、宝島と呼ばれることになるのは請《う》け合いだ。

ちなみにハルヒは財貨とヒカリモノ以外には興味を示さなかったため、たとえ船倉に大量のスパイスが満載《まんさい》されていたりしても「かさばるから」の一言で放置し、また寛大《かんだい》にも乗組員の命と航海に必要な水と食料を保証してやり、かつ航行能力を失った船なら近場の港まで曳航《えいこう》までしてやるというサービスぶりを発揮し、そのおかげかここ数日、どの国の船も近海に現れない。すっかり悪名が轟《とどろ》いたとみえる。

今もハルヒは望遠鏡を携《たずさ》え、マストのてっぺんで水平線の監視《かんし》業務に就《つ》いていた。船長のする仕事ではないと思うが、特に俺に文句があるわけではない。

完全なる非戦闘《せんとう》要員たる朝比奈さんはほぼ船の厨房《ちゅうぼう》か食堂あたりに引っ込んで、慌《あわ》ただしそうだがどこか楽しげに働いており、長門はメインマストの根元に背をもたせかかって座り込み、やけに古ぼけたゴワゴワの分厚い本を読んでいる。

そして俺と古泉は、やることもないので船の左舷《さげん》から釣《つ》り竿《ざお》を突き出し、釣り糸を垂れていた。ちょうど現在は風が止《や》んだ凪《なぎ》状態で、紺碧《こんぺき》に輝《かがや》く海の上で船は停滞《ていたい》している。

まるで今の俺たち五人のように。

太陽は真上に位置しているものの大気が乾燥《かんそう》しているせいかまるで暑くなく、むしろほどよくエアコンが効いているような適温が肌《はだ》を撫《な》で、まったくもって爽快《そうかい》なことこの上ない。ここの季節がいつなのか気になりはしたが気にしたところで、そして解《わか》ったところでどうにかなるわけでもないので、俺は一向にアタリの来ない釣り竿の先をただ睨《にら》んでいた。どちらが先に口を開くかというチキンレースをしているわけではなかった。が、根負けしたような口調で古泉が言った。

「釣れませんね」

そうだな。どういうわけか釣れる気がしない。

「釣れそうにない、と思っているから魚がかからないのかもしれません」

かもな。この時代のこの海域の真ん中で船釣りをして何が釣れるのか解らんし。

「ところで針にエサをつけましたっけ？　どうもそんな記憶《きおく》がないのですが」

二つの釣り竿の先端《せんたん》から海面に続いているテグスの先に、エサはおろか針がついているのかどうかもあやふやだった。なんせ仕《し》掛《か》けを作った記憶もない。

「引き上げて見れば解るでしょう」

だろうな。だが、なぜかそんな気にもならんのだ。

「そうですね。実行に移して状態を確認《かくにん》するより、可能性をあれこれ考えているほうが暇《ひま》が潰《つぶ》せていいかもしれません。二人の釣り竿の先には何があるのか、あるいは何がないのか、形而上《けいじじょう》学的な思考実験ですね」

そろそろ言っていいか？

「どうぞ」

「俺たちはいったい何をやってるんだ？　このドタバタ劇の連続はいつになったら終わるんだ？」

古泉は初めて言葉を発した九官鳥を見るような目で俺を見つめた。

その目つきが気になりつつ、俺の口は自然に動いている。

「そもそも俺たちはいつからこうして肩《かた》を並べているんだ？」

「さて」

古泉はアタリを確かめるように釣り竿を軽く上下させて、

「時間の感覚がなくなって久しい感じがします。ここに来てからね」

ここに来てから、と反射的に繰《く》り返し、胸の内から急速に浮上《ふじょう》してきた疑問を告げる。

「ここ、とはどこのことだ？　いま俺たちがいるこの海のことか？」

「いえ、当然最初からです。中世西洋風ファンタジーの世界から始まり、無数の銀河帝国《ていこく》

やハリボテの西部劇、その他いろいろをすべてひっくるめたこの世界のことです」

言ってから、古泉は何かを窺《うかが》うような表情をした。そして勝手に得心したように頷《うなず》き、

「もう頃合《ころあ》いでしょう。そろそろ語っても邪魔《じゃま》されないかと」

そのセリフの意味をしばらく考え、気づく。

「そうか。今までも何度かこの世界について疑問を持ったことが確かにあった。だが、その度《たび》に頭のスイッチが切られたような気がする」

「思考のチャンネルを勝手に替《か》えられたような、ですか？」

浮《う》かびかけた疑問を強制的に終了《しゅうりょう》させられた感じだな。

「そもそも記憶そのものが不確かですからね」

何かを思い出せそうでできない。思い出そうとすると頭に靄《もや》がかかったようになる。

「俺たちがこの世界に放りこまれたのはいつだ？」

高校一年の春、涼宮ハルヒに出会い、ＳＯＳ団を結成し、覚えてはいるがあまり思い出したくないことをしたあげく……。

それ以降の脳内イメージが重い岩の下敷《したじ》きになったように引っ張り出せない。どう考えてもおかしい。夏にも何かあった気がするし、夏服から衣替《ころもが》えをした時期にも何かをやってた思い出がありそうで、そして何も出てこない。

ただ、あの時、長門が被《かぶ》っていた帽子《ぼうし》と星のついた棒には見覚えがあった。

「禁酒法時代の地下酒場ですね。スターリングインフェルノという語感には耳に馴染《なじ》むものがあります。何となく、涼宮さんらしいネーミングのような気が」

どこかアホっぽいからな。そういうセンスはハルヒの頭が生み出しがちだ。

「それで、ここがどこかという話ですが」

古泉はいつものスマイル0円のような顔で、

「まず大前提として確認しておきましょう」

先回りして言っておこう。

「この世界は現実ではない」

俺の断言に、古泉は微笑《びしょう》を深めた。五十円くらいにはなったか。

「まず間違《まちが》いないでしょう。ここは仮想空間です。仮想現実、バーチャルリアリティと言ったほうが通りがいいでしょうか」

肉体ごと異世界を転移し続けているというより、シミュレーション空間の中というほうが感覚的にも肌触《はだざわ》り的にも公算が高い。背景のCGやオブジェクトの作り込みが異常にリアルな3DアクションRPGの中に取り込まれている、ってのが一番しっくりくる。ただしストーリーはまったく褒《ほ》められない。滅裂《めつれつ》にもほどがある。ファンタジーかと思ったらスペオペになり、西部劇に投げ込まれた後にマフィアとポーカー勝負をさせられるなど、シナリオライターは酩酊《めいてい》状態にあるとしか思えん。

古泉が続けて、

「となると、僕たち以外の登場人物はゲームマスターが用意したＮＰＣでしょう」

俺は船員食堂の様子を思い返した。

厨房にいるのは筋骨隆々《きんこつりゅうりゅう》としたスキンヘッドのコックと朝比奈さんの二人だけ、残りの船員は各テーブルを囲んで荒《あら》っぽくガヤガヤガハハと喧《かまびす》しく飲み食いしている。

そこに調理実習生兼《けん》ウェイトレスと化した朝比奈さんの給仕を受ける番が巡《めぐ》ってくると、それまでガヤっていた船員たちはピタリと黙《だま》って背筋を正し、朝比奈さんが離《はな》れるとまたガヤガヤと何やらがなり合いを始めるといった具合で、完全な背景要員だ。賑《にぎ》やかしのために雇《やと》われたエキストラなんじゃないか、あいつら。

加えて船員たちは典型的なモブ顔だった。あまりにもありがちな面貌《めんぼう》のため、目を逸《そ》らした瞬間《しゅんかん》にどんな顔だったか思い出せなくなるくらいだ。

「彼等《ら》がどれほどの思考レベルにあるのか、一つ試《ため》してみました」

チューリングテストでもしてみたか。

「簡単な質問をしただけです。東京という街を知っているか？　と問うと、知らないと答える。あなたに兄弟はいますか？　と聞くと、いないと答える。全員が全員ともです。東京って何だ？　とか、そんなこと聞いてどうする、など、他の返答はなく、一言一句同じなんですよ」

雑な造りだな。何度も出てくる爺《じい》さんやギャングのボスみたいなのは例外か。

「めげずに繰り返し質問していると、最終的に無視されるようになりました」

何回くらい訊《き》いたんだ？

「五十回くらいです」

そりゃNPCも途中《とちゅう》で嫌《いや》になるだろう。Q&A、両者ともご苦労なことだ。

「これでだいたい、この世界が仮想現実、VR空間であると確信しました」

異論はない。問題は、俺たちがどうやってそんなところにいるのかだ。きっかけをまったく覚えていない。

古泉は指を二本立てた。

「可能性は二つ。一つは我々がブレインダイブ型のインターフェースを着けるなどして、意識のみがこの世界に来ており、本体は意識を失うか眠《ねむ》っているかしている、というものです」

そんなことをした記憶もないし、そんな便利な機械が発明されたというニュースを見た覚えもない。

「もう一つは、我々は本体の意識をコピーされた存在にすぎないというものです」

自称《じしょう》超能力者《ちょうのうりょくしゃ》の微笑が翳《かげ》りを帯びた。

「本体から切り離され、意識のみをコピーされた存在となっている。この場合だと、本体の方は今も慣れ親しんだ現実で普通《ふつう》に生活をしていることでしょう。我々はあくまでコピーであり、本体の精神的な双子《ふたご》と言える状態なんです」

俺たちの脳内を完全なまでにスキャンして複製し、肉体データまで付与《ふよ》してから、仮想空間で再構成する——。

人間の意識をまるごとコピーできたとして、それは膨大《ぼうだい》な情報量になるはずだ。そんなもんどこに格納する？

「量子コンピュータのサーバ内なら、あるいは」

その辺りは考えるだけ無駄《むだ》か。

「これをやってるのは誰《だれ》だ」

一応確認しておくが、ここがハルヒの力がけったいな具合に作用してできた世界だという可能性はどうだ。

「僕は涼宮さんの能力と精神に関しては専門家ですよ。それはないと確信できます」

古泉は力強く断言し、

「当然のごとく、このような状況《じょうきょう》を作ることは『機関』にもまずもって不可能です。というより人間業《わざ》とは思えません。未来人ならワンチャンスあるかもしれませんが、だとしたら朝比奈さんは相当な食わせ者ですね」

朝比奈さんが何も知らされていないだけという可能性もあるが、人間の仕業じゃないってところは同意できるな。この世界は人間の手によるものだとすると不自然すぎる。

「それで」と俺。「俺たちはどうすればいい。ステージが次々と変わるＶＲ世界でいつまでヘタクソなロールプレイを続ければいいんだ？」

「僕たちが仮想空間内のコピー人格ならこのままいつまでもです。運営者が飽《あ》きてデリートボタンを押すか、サーバの電源が切られるまで」

ここで俺たちが死ねば――ってもう何回か死んでるか、ファンタジーで。

「そうなると僕たちの意識は消滅《しょうめつ》しますが、それだけです。本体は普段と変わらない日常、あるいは非日常をこれからも送ることができることでしょう」

しかし、と古泉は人差し指を立てて額の前に持っていった。

「僕たちのこの意識が本体のもので、ブレインダイブ式に精神だけこの世界に飛んで来ているのだとしたら、僕たちの肉体はおそらくどこかのベッドかカウチかゲーミングチェアの上で意識不明になっているはずです。その際、この世界の僕たちが消滅した場合、本体は何事もなく目覚めるのか、そのまま眠りについたまま目覚めないのか、あるいはさらなる最悪の結果を生むのか、まったく判断がつきません」

そっちはないんじゃないかと思うぜ。

「なぜでしょう」

そりゃ、ハルヒや俺はともかく、お前や長門や朝比奈さんが昏睡《こんすい》状態で目覚めないなんてことになれば、それぞれのバックが何もしないわけがないだろう。超能力者や宇宙人や未来人ってのが伊達《だて》や酔狂《すいきょう》でしかないってことになっちまう。

「それはまあ、確かに」

古泉は指先で前髪《まえがみ》を弾《はじ》き、

「そうなるとやはり困ったことになります。僕たちがコピー人格なのだとしたら打つ手はありません。オンラインゲームのNPCに世界を変える力がないように」

そうでもない。もしハルヒが、そっくりそのままコピーされていたとしたら。コピーだろうがドッペルゲンガーだろうがハルヒはハルヒだ。

「涼宮さんを信頼《しんらい》しているんですね」

気持ち悪い言い方をするな。おかしな目で見るな。俺は事実を言っているに過ぎない。

「話を戻《もど》すが」

せめて俺だけはストーリーを進める役割を演じよう。

「その仮説二つのどちらが正解なのか、どうやったら解《わか》る」

「区別の付けようがありません。いつどうやってここに来たのかも覚えていないのですから。オリジナルの人格とそれのコピー、どちらが今の僕なのか、判断する術《すべ》がありません」

解った。白旗を揚《あ》げよう。俺は背後へと顔を向け、片手を挙げた。

「長門、読書中すまんが、ちょっと来てくれ」

こいつなら、そろそろ事情を把握《はあく》できていることだろう。

陽光の日差しを避《さ》けるように、メインマストの側《そば》で洋書を読んでいた長門がゆっくりと顔を上げ、

「…………」

一秒ほど俺に視線を固定してから本を閉じ、静かに立ち上がる。足音を立てない歩き方でやってくると、海賊《かいぞく》風水夫スタイルの小柄《こがら》な姿が俺と古泉の後ろで立ち止まった。

「…………」

じっ、と見下ろしてくる瞳《ひとみ》は夜の海のように静謐《せいひつ》だった。

呼んだはいいものの、次の言葉を発することがなかなかできない。

告白すると、訊くのが怖《こわ》い。どうしようもないくらい絶望的な回答が戻ってくるかもしれない……そう思うと、容易に踏ん切《ふぎ》ることができない俺を笑うなら笑えばいいさ。

「気持ちは解りますよ」と古泉の同意。「僕自身、そのうちふと、何事もなく現実に戻っているのではと期待して、先延ばしにしていました」

追従《ついしょう》するようなセリフは聞き流すとして、単刀直入に訊く。

「俺たちの会話を聞いていたか？」

長門の無表情が緩慢《かんまん》に小さく上下した。俺は息を吸い込み、

「これは情報統合思念体とやらの仕業か？」

長門は淡々《たんたん》と、

「その可能性は排除《はいじょ》できない」

無表情を変えないまま、

「しかし、そうでない可能性のほうが高い」

そうなのか？

「統合思念体が関与《かんよ》した痕跡《こんせき》を感知できない。わたしがこの空間に感じる微弱《びじゃく》なノイズは、わたしが知る思念体のものとは似て非なるもの。未知の感覚。うまく言語化できない」

古泉が割り込み、

「情報統合思念体の仕事にしては手際《てぎわ》に違和感《いわかん》がある、という感じでしょうか」

長門は頷《うなず》きも首を振《ふ》ることもしなかった。人間の言葉では説明できない概念《がいねん》なのだろう。

「ちなみに統合思念体とのコンタクトはどうですか？」

「情報統合思念体の存在を感じられない。リンクは完全に断たれている」

一大事のはずなんだが、そう平然と言われるとな。俺はあからさまに嘆息《たんそく》した。

この件の責任者が長門の親玉なら、ひょっとして説得が通用したかもしれないが、その望みは儚《はかな》く潰《つい》えたわけだ。

対照的に古泉は、こいつにしてはやや食いつき気味に、

「長門さん、さきほど僕が提示した二つの仮説は、どちらでも構いません、あなたから見て正しいと思いますか？」

「…………」

長門は無言で、かくん、と頭を斜《なな》めに傾《かたむ》けた。

こいつのイエスでもノーでもないボディランゲージは久々に見た気がする。

古泉の目を見張るリアクションも珍《めずら》しく感じる。

「もしかして、ここは現実ではないというのは正しいが、我々がブレインダイブ方式でここにいたり、またはオリジナルのコピーであるというのは間違《まちが》っているということでしょ

うか？」

長門はこくりと頷き、しかしすぐに、

「確証はない。推論」

吐息《といき》のような声で呟いて、

「そのつもりで聞いて」

と繋《つな》げ、真《ま》っ直《す》ぐな視線を俺に据《す》え付けたまま、こう言った。

「ここはコンピュータサーバの中ではない。我々は機械的な記憶媒体《きおくばいたい》の内部に存在するデータではない。データ空間の中に存在する量子情報である」

「…………」

この三点リーダは俺のものだ。長門の言っていることがよく理解できないのだが、それは俺だけなのか？

しかし古泉は間を置かずに、

「量子化？　この状態がですか？」

顎《あご》を摘《つ》まむような仕草で考え込み、やがて、

「サーバ内ではないということは、この仮想空間を生み出している仕組みには実体がないんですか？」

「量子も実体の形態の一つ」と長門は即答《そくとう》する。

「ああ、なるほど？」

何がなるほどだ。さっぱり解らん。

「失礼しました」と古泉は俺に言ってから、「長門さん、つまり僕たちはオリジナルの意識オンリーでも、意識をコピーされた仮想の存在でもなく、量子化された本体そのものということですか？」

コピーでなくてよかったと思っている表情ではなかった。

その理由は俺でも解る。俺や古泉はいい。朝比奈さんや長門もギリギリ許容しよう。しかしマジモンのハルヒが今ここにいるのはヤバい気がするどころの話ではない。この頭がおかしくなりそうなミステリー空間に、正真正銘《しょうしんしょうめい》の底抜《そこぬ》け謎《なぞ》パワーを持つハルヒを放置しておいて、いい方向へ転がり始めるとはまるで思えない。ここが現実ではないと認識《にんしき》したハルヒが何を願い、どんなことを無意識に実行するのか――。

しかし、長門の頭は、再び斜めに傾いた。

「肉体を持った我々は現実世界に存在する。ここにいる我々は、その肉体を持つ我々と量子力学的な重ね合わせの状態にある」

「……量子力学的重ね合わせ、ですか？」

しばらく唖然《あぜん》としていた古泉はオウムと化して言葉を返した。それしかできないとでもいう風に。

首の傾きを直した長門はいつものウィスパーボイスで、

「厳密には違う。地球の現行量子テクノロジーレベルよりも高次元かつ多次元的」

「我々の知る量子力学とは微妙《びみょう》に異なるということですか？」

続けざまの疑問符《ぎもんふ》が古泉の精神状態を如実《にょじつ》に表しているようだ。

「その認識が最も近い」

「僕たちのこの状況《じょうきょう》を説明するツールとして、つまるところ量子論が最適ということなんですね」

「最適ではない。マシ」

「心得ました。では量子ライクということで」

古泉の口元に、普段通りの優男《やさおとこ》風微笑《びしょう》が戻っていた。

「それにしても重ね合わせですか。僕たち五人のこの状態は、無数に拡散した可能性の一つだと？　あらゆる場所に遍在《へんざい》する……」

「そう多くはない。おそらく二つ。エンタングルメント」

「量子もつれ？　何と何が……ああ、今の僕たちと現実の僕たちが、ですか」

「完全には正確ではない。それに近似する状態と推定する。ただし不確実。未知の要素が多く、判断には留意を要する」

理解できない会話を横で黙《だま》って聞き続けることほどゲンナリすることはない。量子力学？　量子論？　エンタングル？　少しは俺の脳味噌《のうみそ》を思いやってくれ。

「つまり、どういうことだ」

と口を挟《はさ》み、当然の疑問を呈《てい》する。

「結局今の俺たちはコピーなのか？　オリジナルなのか？」

「長門さんの説に沿いますと」

古泉が少し遠い目をしながら、

「現実世界にいる僕たちと、ここにいる僕たちはどちらも本体です。ものすごくシンプルに言い換《か》えたら『分裂《ぶんれつ》』していることになります。現実の僕たちは現実に留《とど》まり、こちらの僕たちは量子データとなって仮想空間に閉じ込められている——。この解釈《かいしゃく》でいいでしょうか？」

古泉の問いかけに長門は、すんなりと頷いた。

解ったような解らんようなだが、今ここの俺たちとは別に、通常現実にも俺たちがいて、そのどっちもが本物、という到底《とうてい》信じられない話がトゥルーストーリーなのか。

いったいどういう理屈《りくつ》でそうなるんだ。量子化って何だ。

古泉と長門の視線が交差して、長門はすぐに横を向き、

「…………」

「参りましたね。量子論については、すみません。ちょっと一口には解説できないので……しばらく考えをまとめる時間を下さい。おって説明します」

長門が人任せにするくらいだからよほどの話なのだろう。

まあ、いい。量子化云々《うんぬん》は後で聞くとして、その前に長門に確認しておくことがある。

「今の俺たちのこの状態だが、お前の情報操作能力で何とかならないか？」

取り出されたばかりの黒真珠《しんじゅ》のような瞳が俺を見上げる。

「ここではわたしの思考が制限される。何らかの負荷をかけられていると推測する」

誰《だれ》かが長門に向かってF5アタックを繰《く》り返してるのか。得意科目を封《ふう》じるために。

「それほど攻撃《こうげき》的ではない。干渉《かんしょう》レベル」

長門の冷静な口調に変化はないが、心配の念が完全に晴れ渡《わた》るには不十分だった。何しろこのような状況下では長門だけが頼《たよ》りなのだ。未来要素のない未来人と能力の使えない超能力者《ちょうのうりょくしゃ》と全国平均的一般《いっぱん》男子高校生の出番はない。

長門は説明不足とでも思ったか、言葉を補足した。

「能動的な攻撃ではないが、走査されている感覚がある」

走査？　スキャンか。スキャンされてる感覚ってどんなんだ。

「…………」

長門は不意に立ち上がると、まず両手を上げ、身体《からだ》の前に縦長の大きな長方形を描《えが》くようにしながらしゃがみ込み、あたかも空間から透明《とうめい》な長方形を切り取ろうとするかのように手を動かした。長門の前に見えざる長方形に開いた空間がある、と俺の脳内が補正する。

そうして長門は立ち上がると、自分が描いた長方形の向こうへ一歩を踏《ふ》み出してから、こちらを振り向いた。

「…………」

曇《くも》りなき眼で見つめてくる。

「ひょっとして今のは、スキャンされてる感覚というやつをパントマイムで表現してくれたのか？」

「パントマイムではない」

生真面目《きまじめ》に答えて、

「あのような感覚が常にある」

あのようなと言われても、なるほど解《わか》らんとしか返せないが、せっかく長門が身体を使ってまで解説してくれたんだ。ここは感謝すべき時だ。

俺はサムズアップして、

「何となく解ったぜ。まあ、……そういう感じか、なるほどな」

隣《となり》で古泉が笑い声を抑えているのが解った。俺は無音の吐息を漏《も》らす。

「それならそれで、もっと早く言ってくれてもよかったんだが」

「機会を待っている」

短い呟《つぶや》きに違和感《いわかん》を抱《いだ》く。待っていた、ではなく現在形か。何の機会だ？

「脱出《だっしゅつ》」

俺と古泉は顔を見合わせる。ここまでアクティブな長門のセリフを聞くのはいつぶりだろうか。記憶《きおく》が失《う》せているので意味のないクエスチョンだな。

「その機会について詳《くわ》しく教えてもらうわけには――」

長門の微細《びさい》な表情変化を読み取れたわけではなかったが、雰囲気《ふんいき》で伝わるものもある。

「――いかなそうだな」

俺たちをこの世界に放り込んだ連中が聞き耳を立てているはずだ。事前のネタばらしは重罪に値するだろう。

「長門さん、一つ好奇心《こうきしん》から訊《き》きたいことが」

古泉は科学実験の面白《おもしろ》さに目覚めた潜在《せんざい》的理系志望の小学生のように目を輝《かがや》かせ、

「この世界が量子情報空間なのは納得《なっとく》しましたが、このような大規模な仮想世界の構築を可能とするには、どのようなインターフェースが必要ですか？」

「インターフェースは不明」

「たとえばで構いません。どのようなものなら可能でしょうか」

「光子のみで構成された準天体規模の量子演算処理システム」

「とんでもなくエネルギーを食うでしょうね。ダイソンスフィアが必要では」

「人類の技術力ならば、そう」

「今のこの世界はその中ではないんですね？」

「不明」

「ホログラフィック原理に近いものですか？」

「不明」

メイド・イン・コスモスの有機アンドロイドとインチキ臭《くさ》いエスパー少年のアカデミックな会話を右耳から左耳へと聞き流しつつ、俺は割り込んだ。ここしばらくの間、こっちも訊きたかったことがある。

「今がいつか解るか？　俺たちがここに来る前の、直前の現実の記憶があれば教えてくれ」

「曖昧《あいまい》」

さしもの長門も回答がファジーになる。それだけ厄介《やっかい》な空間に俺たちはいるのだ。

「禁酒法時代の酒場で、ハルヒがどこかから出してお前に被《かぶ》せた帽子《ぼうし》はどうだ？　それと星の付いた棒についても」

長門は三秒ほど瞬《まばた》きせずに沈黙《ちんもく》してから、

「……映画」と、しなびかけた果物から果汁《かじゅう》を搾《しぼ》り出すような声で言った。

そういう小道具が登場する映画を団員全員で観《み》にでも行ったか。

「撮影《さつえい》した」

俺たちで自主制作映画を撮《と》ったのか。何でまた……まあ、ハルヒならやりかねん。

「……おそらく」

表情は動かないが、長門の頭の中が高速回転しているのは解った。双眸《そうぼう》から光が徐々《じょじょ》に失われていく。俺に向けられている瞳《ひとみ》に、俺が映っていない。

まずい。自分の失策に理性より本能が先に気づいた。

「もういい長門、それ以上思い出す必要はない」

慌《あわ》てて長門の顔の前で手を振《ふ》った。

「………………」

遅《おそ》かった。長門は反応しない。すべての機能を静止したかのように、スチール画像のように固まっている。何者かによる長門への攻撃、干渉。それらと戦いながら、操作された記憶を呼び覚まそうと、内面の奥深くに沈《しず》み込んでいるのだ。

「しまった……！」

マスクされた記憶の掘《ほ》り起こし作業はトラップだ。そこには届かないようになっているか、されている。だから俺と古泉、多分ハルヒと朝比奈さんも無意識にそれを避《さ》けてきたのだろう。

長門も似たような意識を持っていたはずだ。あえて回避《かいひ》していた自縄自縛《じじょうじばく》スイッチを、何てことだ、俺の一言がうっかり押してしまった。

俺ならばこう思う。いつか思い出せそうな記憶ならそのうち思い出せばいい——と。

しかし長門にそんなケセラセラな考えは通用しない。取り出し可能な過去の記憶は確かに存在した記録であり、ならば思い出せるはず——そうやってスパイラルに捕《と》らわれる。

脳天気な世界観に仕掛《しか》けられた致命的《ちめいてき》な罠《わな》。もしこれがここの造物主が意図したものだったとしたら、計算通りにハマっちまった。

くそ、どこか害のない雰囲気に浸《つ》かっていたせいでまんまと油断していた。

「長門さん？」

古泉の心配げな口調がシリアスだった。

ここで長門を失うわけにはいかないんだ。

俺はほっそりした水夫衣装《いしょう》の肩《かた》をつかんだ。揺《ゆ》さぶってみたが、反応がない。

頼《たの》む、戻《もど》って来てくれ。

「長門！」

焦《あせ》りのみが募《つの》り、冷えた内臓が喉奥《のどおく》までせり上がるような感覚――。

その時、

「見えたわ！　スペイン船よ！」

ハルヒの大音声が、最大ボリュームで天から降ってきた。

マストのてっぺん、見張り台からハルヒがするするとロープを伝って降りてきた。いや、ほとんど落ちてきた。

「十時の方向、三隻《せき》からなる輸送ガレオン船団！　護衛の船影《せんえい》はなし！」

ハルヒは遅《おく》れて降ってきた海賊帽《かいぞくぼう》を空中で受け止めて被り直し、

「キョン、有希！　何をボケッとしてるの？」

そしてハルヒは俺たちの耳元で、全艦《ぜんかん》に響《ひび》き渡るような大声で叫《さけ》んだ。

「総員、戦闘《せんとう》配置！」

そのまま船尾《せんび》へと走って行く。得物を取りに行ったのだろう。

……、……。いや、それはいい。俺は我に返って刮眼《かつがん》し、長門を見る。

「…………」

普段《ふだん》通りの無表情が俺を見上げていた。

俺はつかんでいた細い肩から両手を外す。

長門はゆっくりと瞬きし、自分の立ち位置を確かめるように、ゆっくりと頷《うなず》いた。

「すまなかった、長門」

「いい」

小振りなショートヘアがゆるゆると首を振り、考え込むようにうつむいて、

「うかつだった」と、かなりまともな意見を述べた。

何にせよハルヒのバカデカ声に助けられた。都合よく現れてくれたスペイン船にも感謝だぜ。古泉も安堵《あんど》したような笑《え》みを浮《う》かべ、

「良くも悪くも邪魔《じやま》が入りましたね。このあまりにもピンポイントすぎるタイミングは意図したものか、それとも偶然《ぐうぜん》でしょうか」

解らんが、続きは一仕事終えてからになりそうだ。俺は長門に向かい、

「バタバタしているうちにまた俺たちは記憶を操作されるかもしれん。可能なら長門、ここでの俺たちの会話内容を、お前は覚えておいてくれ。ただし無理だけはするな。ほどほどで頼む」

長門は微《かす》かに頷き、

「了解《りようかい》した」

「最大レベルのアラートを事前喚起《かんき》、クロスチェックを常時作動させた上で、思考する」

長門らしかぬ主義主張のハッキリした決意表明を聞きながら、俺と古泉は同時に立ち上がると持っていた釣り竿《ざお》を海洋投棄《とうき》した。これでテグスの先に何があったのかは永遠の謎《なぞ》となる。特に知りたくもなかったミステリーには相応《ふさわ》しい扱《あつか》いだ。

そうして俺たち三人は、持ち場に向かって走り回る船員たちの群れに溶《と》け込んだ。

その際、視界の端《はし》で、持っていた本を確認《かくにん》するように開く長門の姿が見えたが、その行《こう》為《い》の意味を尋《たず》ねる時間はなかった。

今はまだ何者かの掌《てのひら》の上で踊《おど》るしかない。輸送ガレオン船団を襲撃《しゆうげき》する私掠船《しりやくせん》の一

員というロールプレイを果たすべく、俺は戦闘準備に向けて走り始める。

そして、戦闘はいともあっさりと決着した。

こちちの敗北という形で。

単艦で突《つ》っ込む〈ゴールデンフリース号〉を、スペイン船団は逃《に》げるでもなく悠然《ゆうぜん》と待ち構えており、ヤバいと察した時にはもう手遅《ておく》れだった。

どういう仕組みか輸送ガレオンの外壁《がいへき》が爆発《ばくはつ》したように弾《はじ》け飛ぶと、銃眼《じゅうがん》から大砲《たいほう》の先端《せんたん》を覗《のぞ》かせる武装フリゲート艦が姿を現した。貨物船の姿は擬装《ぎそう》だったらしい。

どうやらまんまと罠に嵌《は》められたようだ。

たちまち砲撃《ほうげき》の雨が降り注ぐ中、撤退《てったい》は不可能と判断したハルヒ艦長は敵船団の旗艦と思《おぼ》しき船に接舷《せつげん》を命令、NPC船員たちは抜群《ばつぐん》の操船技術でそれを忠実に実行した。

ここまで近づけば敵の僚艦《りようかん》もうかつに砲撃できない。

ハルヒの指揮の下、雄叫《おたけ》びを上げげなら敵船に飛び移っていく船員たち。俺と古泉は艦長自ら乗り込もうとするハルヒを何とか押さえつけながらマスケット銃《じゆう》で応戦する。

勢いに任せた白兵戦は、しかしジリジリとこちらの不利に傾《かたむ》いていく。

敵二番艦、三番艦が、〈ゴールデンフリース号〉を取り囲むように接近、ラムアタックを敢行《かんこう》した後、スペイン海軍の兵士たちがサーベル片手に飛び込んでくる。

決死の反撃により、一時は敵艦の一隻を半壊《はんかい》に追い込むなどしたのだが、よく持ちこたえたと言うべきだろう、果敢《かかん》な抵抗《ていこう》も虚《むな》しく、一応寝食《しんしょく》をともにしたことになるNPCたちが海に落とされ、また敵弾《だん》や剣撃《けんげき》を受けて倒《たお》れる様を見るのは、やっぱり心が痛んだ。

次に復活する時はもっと平和な世界のモブキャラとして生まれ変わってくれ。

敵艦の大砲により〈ゴールデンフリース号〉のサブマストが吹《ふ》き飛んだことで、勝敗は決した。もはや逃走《とうそう》もままなるまい。

しかしここで機転を利かせた長門が弓を構え、敵艦の帆《ほ》をめがけて火矢を次々と打ち込んだ。いつの間にそんな物を用意したのかはどうでもいいとして、俺たちは燃え上がるマストに慌てふためくスペインフリゲート艦隊からの離脱《りだつ》を図る。

すると、まるで奇跡《きせき》のように強い追い風が吹き始め、風に乗った中破状態の〈ゴールデンフリース号〉は水平線を目指して氷上のスケーターのようなスピードで流れていくのだった……。

と、いうのが大分前の話だ。

今、俺たちは再び漂流《ひょうりゅう》の身の上になっている。

サメ退治以来、二度目の海上迷子《まいご》だ。

戦闘による被害《ひがい》で致命的だったのは舵《かじ》の故障であった。これで行く先は風に訊《き》いてくれ状態、その風も逃走に成功したとみるやピタリと止《や》んで、今は波に揺られるのみ。

NPC船員たちは全員が煙《けむり》のように姿を消してしまい、一時の賑《にぎ》わいはどこへやら、ほとんど幽霊船《ゆうれいせん》と変わりがなくなっていた。

ハルヒは船尾楼《せんびろう》の船長室でふて寝《ね》を決め込み、朝比奈さんと長門の姿も見えないが、多分食堂でお茶を淹《い》れているか羊皮紙本を読んでいるかだろう。

おかげで俺と古泉は甲板《かんぱん》を広々と使い、ただ寝っ転がって空を見上げている。

そして、何かを忘れているような気分になっている自分にようやく気づいた。

「何だっけ」

確かスペイン擬装艦隊と戦火を交える前まで、何か深刻な事態について考えていたような気がするのだが。

「僕も同じ印象です」隣《となり》で古泉の声。「この船に乗り込んでから、スペイン船団と戦うまでに、あなたと重要な会話をしていた気がしてならないのです。気のせいではないという確信はあるのですが、内容が思い出せそうで、もう一息、出てきません」

日常生活でたまにあるやつだ。絶対知っているはずの名前や名称《めいしょう》がどうしても出てこない。覚えたはずの英単語の和訳がどうしても思い出せない。たいてい、どうでもいい時にポロッと思い出す。そんな現象である。

「まあ、いいか。そのうち思い出すだろ」

俺は何の気なしに寝返りを打ち、ズボンのポケットが妙《みょう》にかさばっていることを発見した。上体を起こし、ポケットの中身を取り出してみる。一枚の紙切れが入っていた。

「なんだ、こりゃ」

しわくちゃだったものを広げる。英語の文章が綴《つづ》られているらしい。

古泉も起き上がり、俺の手元を見て、

「長門さんが読んでいた本のページですね。ああ、それ聖書だったんですか。キング・ジェームス版だとしたら微妙《びみょう》に時代が合いませんが、その部分は確か『ヨブ記』の一節です」

大急ぎで破いたように見える羊皮紙の一枚が、長門流の手品でいつの間にやら俺のポケットに突っ込まれていた。よく見ると、一部の単語にアンダーラインが引かれている。定規を当てて引いたような一直線で、そこだけインクが新しい。

「remember me」

これくらいなら俺でも読める。だが、これにどんな意味が——。

「私を覚えておけ、あるいは忘れるな、でしょうか。まるで今の僕たちを彷彿《ほうふつ》とさせる文章ですが……」

俺たちが長門を忘れるわけないだろ。

古泉は勢いよく顔を上げた。

「いや、ちょっと待ってください。長門さんがそれを読んでいた風景を覚えています。マストの根元で本を開いていましたね」

人差し指で額をタップしながら、

「その近くで、僕たちは釣りを――」

その瞬間《しゅんかん》、俺の頭の中で映像を逆回しにする際に使われるキュルキュルという効果音が奏《かな》でられた。見えないストップボタンを押す、からの再生。白旗を揚《あ》げる。長門を呼ぶ。長門が本を閉じ、静かに歩いてくるシーンがスローモーションで。

「思い出した」

俺はヒゲ文字の英文が書かれているページを握《にぎ》りしめた。

「俺たちはこの世界が何か、今の俺たちがどうなっているのかを話し合っていた。その途《と》中《ちゅう》でスペイン船と戦闘になったんだった」

古泉が溜息《ためいき》を吐《つ》きつつ、

「そう……量子化の話でした。たった今思い出しましたよ。やはり記憶《きおく》は操作されていると見て間違《まちが》いないようですね」

だが完全にではない。わざとかどうかは解《わか》らんものの、ちゃんと俺たちには自我がある。俺にあるくらいだから長門の頭の中はもっとクリアなはずだ。ハルヒと朝比奈さんは役に成りきるアミューズメントプレイを楽しんでいるとしか思えないが、朝比奈さんはいいとして、今のハルヒに正論をぶつけていいものかどうかは躊躇《ためら》いがある。この事件の黒幕の狙《ねら》いが、まさにそれかもしれないからだ。

しばらく様子を窺《うかが》いつつ、長門と古泉の話の続きを聞くか。

「で、長門はどこだ？」

俺と古泉が揃《そろ》って立ち上がったとき、ゆるやかに漂流していた〈ゴールデンフリース号〉が濃霧《のうむ》の中に突っ込んだ。ほとんど煙幕《えんまく》と言っていいくらいの、入道雲の中に入り込んだような視界の白さに、すぐ近くにいるはずの古泉の顔すら判別が怪《あや》しくなる。

これはあれだ。サメ退治の後、この船に乗り込むまでにあった、わざとらしい演出だ。また世界が遷移《せんい》しようとしている。次はどんな舞台《ぶたい》が待っているのだろう。俺は一枚の紙片を強くつかんだ。今の自分を忘れまじ。

船尾楼のあたりで、木戸が開閉する音が聞こえた。

霧《きり》の向こうで、ほのかな燐光《りんこう》をまとう人影《ひとかげ》が浮かび上がる。その数、三体。

濃密な白い大気を掻き分けるようにこちらに近づいて来たのは、朝比奈さんと長門を左右に従えたハルヒだった。

その格好は、俺と古泉に世界変転を確信させるに足りた。

「お待たせ。そろそろ目的地に着くはずよ」

ようやく顔が判別できるところまで接近したハルヒは、いつもよりどこか傲然とした笑顔で言った。

キトンというのだろうか。古代ギリシャなんかがモチーフの映像作品やなんかで登場人物がよく纏っている白い衣服だ。優雅なドレープを生み出しているロングドレス風のワンピースである。ただ三人とも市井の町娘役ではなさそうだ。

ハルヒとその両脇を固める長門と朝比奈さんは、三人揃って後光のようなものを発していた。身体のラインに沿って淡い光が差している。

これで頭上に光輪、背中に羽があったら天使と見まごうところだが、そっちの線はなさそうなので、まあ何だろう、アレだ。

女神としか言いようがなかった。女神のような、ではなく女神である。

こちらを睥睨する眼差しのハルヒ、自分の身を包む紀元前のファッションを見下ろして「ほへー？」と目を見はる朝比奈さん、直立不動で突っ立っている長門を眺めていると、なぜか頭を下げて土下座したい気分になってきた。

そんなはずはないのに、俺の意識が目の前の三人を地上に降臨した三柱の女神だと認識《にんしき》し、神の威光《いこう》に恐《おそ》れおののきつつ平伏《へいふく》しようとしているのだ。

「これはこれは……」

俺の隣で古泉が頭を振《ふ》る気配がした。ヤツも同じ症状《しょうじょう》だと見える。

しかし朝比奈さんの衣装《いしょう》は目に毒だ。うっかり凝視《ぎょうし》すると眼球が零《こぼ》れ落ちそうになる。

どうにか神威《しんい》を振りほどいて、俺は長門へ視線を送る。

「………」

目が合った、ちんまりした女神は、わずかに頷《うなず》いた。完全に冷静ないつもの瞳《ひとみ》で。

リメンバーミー。俺は心の中でその言葉を呪文《じゅもん》のように唱える。異常な世界の理《ことわり》に呑《の》まれるわけにはいかない。手の内にはまだ聖書の一片があった。唯一《ゆいいつ》神の実在性に関しては疑問点しかないが、少しは拠《よ》り所《どころ》になる。

身体に纏わり付くように渦巻《うずま》いていた濃霧が、一陣《いちじん》の爽《さわ》やかな風に押し出されるようにして、視界が一気に晴れ渡《わた》った。

青すぎるほど青い天空と、海面が復活する。上空を雲が千切れるように流れていく。

同時に僅《わず》かなGを感じる。船が加速していた。

ふと気がつく。マストと帆の形状がガレオン船のものではなくなっている。そして船の側面から響《ひび》く、何本もの硬《かた》い棒が海面を叩《たた》いているような水音。

舷側《げんそく》から下を見ると、長いオールがちょっと数える気にならないほど突《つ》き出て、実に訓練された動きで船を漕《こ》いでいた。古泉が見たままを言った。

「三段櫂《かい》船ですね」

ということは古代ギリシャか、ローマか。

「僕たちの衣装はローマ風ではありますが」

いつしか古泉の服装はトーガのような白い布に変わっていた。絵画の「カエサルの死」に描《えが》かれているモブの元老院議員みたいな服装なのは当然、俺もだ。

壊《こわ》れかけのガレオンから新品の三段櫂船へと華麗《かれい》なる退化を遂《と》げた〈ゴールデンフリース号〉が一直線に進む先に、うっすらと陸地が見えた。

たちまちのうちにボンヤリした情景が写実的な意匠《いしょう》へと移り変わり、船が浜辺《はまべ》に近づく頃《ころ》には、それは広大な石造りの城塞《じょうさい》都市となって姿を現した。

長門がポツリと呟《つぶや》く。

「トロイア」

なるほど。おかげで今度の派遣《はけん》現場が解った。ハルヒと長門と朝比奈さんの配役もな。

ただ、自分が何をすればいいのかまでには至らない。まさかと思いつつ恐怖《きょうふ》に戦《おのの》きつつ、俺は自分の深層意識に耳を傾《かたむ》ける。どこからも俺はパリスだ、という声は聞こえなかった。まずは一安心だ。

当初のシナリオはとっくにおかしくなってもう軌道《きどう》修正のしようもない。攫《さら》われた若いカップルを救う話はどうなったんだ。あのミッションはもう撤回《てっかい》されたのか？

浜辺には見た感じ、波止場《はとば》のようなものはない。

三段櫂船はゆるやかに砂浜《すなはま》に乗り上げ、やや傾《かし》いで停止した。

ハルヒが光をまとわせた片手を伸《の》ばしてきた。

何のつもりだと、まじまじと見つめていたところ、笑いを含《ふく》んだ声で、

「ぼさっとしないで、エスコートくらいしなさいよ」

反射的にその手を取ると、船の左舷が寄せ木細工のように変形し、砂浜へと降りる階段を作り上げた。俺の背筋に冷たい汗《あせ》が一筋流れ落ちる。古代エーゲ海文明の船にトランスフォーム機能が標準装備されているとは思えないから、まさに神のごとき御業《みわざ》と言えた。

「さ、行きましょ」

俺は従者のようにうやうやしく振る舞《ま》い、ハルヒの手を自分の手のひらに載《の》せたまま階段を下りていく。同様に朝比奈さんの手を引いて古泉が、最後に長門がスタスタと白い砂

浜に足跡《あしあと》を付けた。が、久しぶりの地面の感触《かんしょく》をゆっくり味わってもいられなかった。目の前に、甲冑《かっちゅう》姿のマッチョな男たちが、槍《やり》を携《たずさ》えて向かい合わせの二列横隊を形成していたからである。俺たちを出迎《でむか》える花道の両脇に、数百のオーダーでズラリと並ぶ古代の戦士たち。

これはどっちだ？　トロイア側か？　それともギリシャ連合軍の上陸部隊か？

両脇の兵士たちが一糸乱れぬ動作で、槍を高く掲《かか》げ、花道の上でクロスさせた。槍の穂《ほ》先《さき》が太陽光を反射し、天然の照明効果が降り注ぐ中、俺たちは熱く焼けた砂の上を城塞都市へと向かって歩を進めた。

SOS
final act エスケープ篇

自分自身いつ知ったかまったく覚えてないが、いつの間にか何となく知っているトロイア戦争について、言わずもがなだと思うものの一応簡単にナレーションしておこう。

トロイアはエーゲ海の東、小アジア側の海岸辺りにあったとされる都市国家で、紀元前たぶん八世紀くらいのギリシャ詩人ホメロスが著《あらわ》した叙事詩《じょじし》『イーリアス』に登場するギリシャのライバル的存在として有名である。長らく実在を疑われていたこともあって、遺《い》跡《せき》発見の経緯《けいい》がいささかドラマチックなことでも知られている。

そのトロイアとミュケナイ文明期ギリシャとの間で、およそ紀元前十三世紀頃《ごろ》にあったと思われる戦いがトロイア戦争だ。十年間に亘《わた》って続けられた後、トロイアの滅亡《めつぼう》で幕を閉じた。

神話によるとこの戦争は「パリスの審判《しんぱん》」がきっかけとなって始まり、古代史版ビックリドッキリメカ「トロイの木馬」によって終了《しゅうりょう》した。後者は今やコンピュータウイルスの代名詞として知らない人はいないほどのメジャーワードだが、実はホメロスの『イーリアス』には「パリスの審判」も「トロイの木馬」も出てこない。どうやらその頃にはどちらのエピソードも当時のギリシャ人にとっては誰《だれ》もが知っている常識になっていて、わざわざ描写《びょうしゃ》する必要がなかったのだろう。

大戦争の端緒《たんしょ》は実にしょうもないことから開かれた。

争いと不和の女神《めがみ》エリスは、オリンポスで開かれたとある結婚《けっこん》式の祝宴《しゅくえん》に招待されなかったことに腹を立て、嫌《いや》がらせのために一計を案じた。腹立ち紛《まぎ》れにヘパイストスの作った黄金のリンゴを盗《ぬす》み出した上で、「最も美しい者へ」と刻んでから饗宴《きょうえん》のテーブルの上に投げ転がしたのである。エリスの目論見《もくろみ》通り、現場に居合わせていた女神たちはそれは自分のものだと主張して、たちまちキャットファイトを繰《く》り広げ始めた。

この時、宴席の主役たる新郎《しんろう》新婦の心境はいかばかりだっただろうか。特に新郎のペーレウスは人間だったので、さぞかし心臓に悪い光景だったに違《ちが》いない。なお、この婚礼により夫婦となった彼と女神テティスとの間に生まれた子供がかのアキレウスである。

リンゴを巡《めぐ》る争いは最終的にヘラとアフロディーテとアテナの三女神に絞《しぼ》られた。が、そこからいっかな決着する様子がない。このままではいつまで経《た》っても終わりそうにないため、リンゴの所有者に相応《ふさわ》しいのは誰かを決める裁定は、神々の王たるゼウスのもとに持ち込まれる。

ゼウスの正妻ポジションにいるヘラか、恋《こい》と美のアフロディーテか、知恵《ちえ》の女神にして永遠の処女神アテナか。

しかしゼウスは誰を選んでも角が立ちそうな判断をする気にはなれず、その役目をトロイアの若き王子パリスへと丸投げした。

いや、そこは嘘《うそ》でもいいからヘラを選んどけよ。

パリスはパリスでなぜ自分がと思ったかもしれないが、最高神の依頼《いらい》ではやむを得ない。トロイアの王子が悩《なや》みにくれていると、さっそく三柱の女神たちが堂々と買収工作を仕掛《しか》けてきた。自分を選択《せんたく》してくれた際の報酬《ほうしゅう》として、ヘラは「アジアの君主の座と莫大《ばくだい》な富」を、アテナは「常勝不敗の力とあらゆる技術の知識」を、アフロディーテは「世界で最も美しい女性」を提示し、それぞれ指名を勝ち取ろうとする。

身の程を知っていたと言うべきか、結果的にパリスはアフロディーテを選び、美の女神は面目を躍如《やくじょ》してにっこり、かくして王子はめでたく当代一の美女と名高いヘレネを手に入れたのであった。

これで話が終わっていれば、やけに人間臭《くさ》い神々の振る舞いに微笑《ほほえ》ましさを感じるだけでよかったのだが、一つ問題があった。ヘレネは人妻だったのだ。それも彼女の夫はスパルタ王アガメムノンの弟、メネラーオスだった。いくら女神の差配とは言え、妻を異国人に寝《ね》取られ、トロイアに連れ去られたメネラーオスは当たり前だが激怒《げきど》した。兄も怒《おこ》った。アガメムノンはギリシャ全土にパリス追討とヘレネ奪還《だっかん》の号令を発し、他の王や英雄《えいゆう》たちはこぞって同調した。実は彼等《ら》はかつてヘレネに求婚し袖《そで》にされた男たちでもあった。

こうしてトロイア遠征《えんせい》軍が組織され、集結した大軍勢は大船団となって出航し、エーゲ海をトロイア目指して突き進むと、やがて戦端《せんたん》が開かれる。

一人の女性を巡る戦いは両軍一進一退で推移しつつ乱戦模様で混迷の度を深め、おまけに天上の神々がそれぞれの事情で両陣営《じんえい》に荷担したもんだから状況《じょうきょう》はますます泥沼化《どろぬまか》、あげく膠着《こうちゃく》状態に陥《おちい》ったギリシャとトロイア双方《そうほう》が厭戦《えんせん》気分にどっぷり浸《つ》かる中、そんなこんなで実に九年の月日が流れ、そして——。

というのがトロイア戦争終盤《しゅうばん》までの流れである。なにぶん伝説の領域なので諸説によって細かい部分が異なるがだいたいこんな感じで、ちなみに『イーリアス』はここから後、わずか五十日間くらいの出来事を語るストーリーだ。

もっとも、以上のことは当然ながら伝承に過ぎず、史実としてはどうだったのか、本当に両国間の戦争があったのか、まったくの謎《なぞ》だ。

そんな神話と歴史のハーフ&ハーフみたいな土地に今立っている——、と思うと感慨《かんがい》深いものがあってもよさそうだが、残念ながらあまりありがたくもなかった。

ここは何者かが神話世界を粗《あら》っぽく再現した虚像《きよぞう》だ。虚《うつ》ろなる像だ。


俺たちを出迎えたのはトロイアの陣営だったらしい。

屈強《くっきょう》な古《いにしえ》の戦士たちに先導された俺たちは城塞都市の内部へと向かう。

堅牢《けんろう》な城壁《じょうへき》を通り抜《ぬ》け、石造りの街並みの中を案内されるがままに辿《たど》り着いた場所は、意外にも屋外だった。

てっきり王城にでも連れて行かれてトロイア王プリアモスに引き合わされるのかと身構えていたのだが、ここでの俺たちがトロイア戦争に従軍させられるわけではないらしいのは、訪れた建造物を見るうちに何となく解《わか》った。

白い石造りの円形劇場が目の前に広がっている。

すり鉢《ばち》状の観客席は正確には半円形をしており、そこから見下ろされる深い位置に舞台《ぶたい》がある建築様式である。横に長い長方形の舞台の背後は壁《かべ》になっていて、古代ギリシャかローマの遺跡でいくつか現存しているものによく似ていた。

このあたりから先導役が交代し、鎧《よろい》姿のトロイア兵から、ハルヒたち三人娘《むすめ》と似たような服装の、ちょっと腰《こし》が引けそうになるくらいの美女数人と入れ替《か》わった。

中でもどことなく美術室の石膏《せっこう》像で見たことのあるような微笑を浮《う》かべた女性が、優雅《ゆうが》な物腰《ものごし》でハルヒを貴賓《きひん》席へと案内する。朝比奈《あさひな》さんと長門《ながと》にもそれぞれ担当者が付いているようで、やはりミュシャの絵から抜け出てきたような美人にアテンドされていた。

貴賓席は半円観客席の最上段にあり、そこに玉座としか言いようのない豪華《ごうか》な装飾《そうしょく》を

施《ほどこ》された椅子《いす》が三つ設置されている。美女に促《うなが》され、とりわけ荘厳《そうごん》な印象を受ける真ん中の玉座にハルヒが座り、まさに睥睨《へいげい》といった感じで舞台を見下ろす。

その向かって右に朝比奈さんが、左の席に長門がちょんと座った。

よく見ると三人の座る豪華な椅子は意匠の異なるレリーフが彫《ほ》られている。特にハルヒの玉座は特別製なのか黄金でできており、百合《ゆり》の花が彫られた縁取《ふちど》りの中でヘラクレスが十二の試練に挑《いど》む様子が描かれていた。朝比奈さんの椅子には羽ばたく白い鳩《はと》とアネモネの花が、長門のところにはオリーブの木とフクロウが象眼されていて、その意味するところを教えてくれている。

おかげで現在のハルヒたちがどの女神の役を割り振《ふ》られているのかがおぼろげに理解できた。なるほどの配役で、よくまあこれほどピッタリ合う女神がギリシャ神話にいたものだと感心する。

俺と古泉《こいずみ》がすっかり女神然とした女子団員三人に見とれ……もとい純然たる学術的興味をもって眺《なが》めていると、美女軍団の一人が振り向いて、俺たち二人についっと優美な仕草で指を振った。その指の指し示す先、長門席の横に長方形の卓袱台《ちゃぶだい》めいたテーブルがある。

なるほど、神ならぬ身の男二人には座席など不要ということか。

ここでゴネても仕方がない。俺と古泉は大人しく隣《とな》り合って腰を下ろし、劇場の舞台へ

視線を向けた。

　と、舞台袖《ぶたいそで》から進み出たトーガ装束《しょうぞく》の男が一人、中央で足を止め貴賓席に向かって恭《うやうや》しく一礼し、朗々と響《ひび》き渡《わた》るテノールで何やら歌い上げ始めた。

「ラテン語のようですが……」

古泉の呟《つぶや》きはなぜか興味深げだった。

俺には何語なのかすら解らない謎音声だが、どういうわけか何を言っているのかが解る。オリジナル音声の洋画を字幕なしで観《み》ているのに、頭の中で不可視の字幕が流れている感覚と言えば伝わるだろうか。もはや驚《おどろ》くに値しない。今まで古今東西、果てはファンタジー世界や遠未来でも円滑《えんかつ》なコミュニケーションを疑問も持たずにおこなってきたんだ。今さらラテン語が脳内で自動翻訳《ほんやく》されたところで何とも思わんね。まあ、この能力がリアルでも使えれば英語の成績が上がってくれそうで便利なんだが。

その男性歌手の語る内容とは、ざっくりこうだ。

「本日は尊崇《そんすう》の誉《ほま》れも高い神聖なる大女神の方々に降臨いただき、住民一同、大いなる喜びの雷《かみなり》に打たれ、今まさに卒倒《そっとう》せんばかりである。我らの畏敬《いけい》と歓喜《かんき》を言葉にする術《すべ》はなく、敬愛と慶賀《けいが》を形にする技もない。そのため演芸をもって奉納《ほうのう》し、我らの深遠かつ無《む》窮《きゅう》の礼賛《らいさん》と恭敬《きょうけい》をその御心《みこころ》にて受け取られよ。おお、神々の女王よ、泡《あわ》より生まれし真

実の愛よ、永遠の処女よ、我らに悠久《ゆうきゆう》の繁栄《はんえい》を！　アカイア勢に永劫《えいごう》の業火を！　神々の世に永久《とこしえ》の光輝《こうき》があらんことを！　弥栄《いやさか》！」

大仰《おおぎょう》なだけで内容がない。解るのはこれからなんかの劇が始まるということだけだ。

トロイアの円形劇場で演じられるのは、さて喜劇か悲劇か。眺めていると、ステージの上手と下手から、演者たちがささっと流れるように登場し、それぞれが配置についた。

どうやら今から結婚《けっこん》式が始まろうとしているようだ。ナレーションもないのになぜかそれが解る。

新郎はペーレウス、新婦はテティス。そこにケンタウロスのケイローンを皮切りに、名だたる神々が続々と来訪してくる。全員が例のカーテンを裁縫《さいほう》して作ったような古代ギリシャ風衣装を纏《まと》っており、ゼウスとヘラ夫妻からアポロン、アルテミス、アテナ、アフロディーテ、ポセイドン等と続き、プロメテウスにガニメーデスまでが列席する、そうそうたる婚礼の風景である。

なんのことはない、今から始まるのはトロイア戦争プロローグの一幕だ。

もちろん舞台上にいるのは本物の神ではなく人間が舞台に上がって神々を演じているわけだが、俳優の役名がすぐに理解できるのは、やはり演者の頭の上に見えざるテロップが浮いている感じがあって、そこに名前が記されている感覚があるからである。キャラの名前だけでなく、そいつがどういう来歴のキャラなのか付帯情報まで頭に飛び込んでくる。

これは便利だ。ひょっとしたら未来の映画がこんな具合になるのかもしれないな。

「トロイア戦争テーマの演劇を、その時代のトロイアの劇場で観る……」

古泉が感慨深げに呟く。

「虚構《きょこう》の階層構造……。二重、いや三重になるのでしょうか」

そのあたりのクッソややこしそうな考察はお前に任せる。一人でやっててくれ。

それよりも——。演者の中に気になるのが何人かいた。

見ている感じ、ヘラを演じている女優はどことなくハルヒ的な雰囲気《ふんいき》で、アフロディーテ役は朝比奈さんっぽく、アテナ役が長門に似てなくもない。

もっとも、全員とも三人娘を縦に引き延ばして加齢《かれい》したようなデフォルメ化がなされていて、よく見なくても完全な別人だが、どこか面影《おもかげ》がある。何となく大急ぎで似ている人間を探したものの時間がなかったのでまあこれでいいか、的な妥協《だきょう》があったのではないかと疑いたくなるレベルの中途半端《ちゅうとはんぱ》さだ。実に収まりが悪く、気に障《さわ》る。ＳＯＳ団の偽《にせ》者《もの》が登場したとしたらこんな気分になるのかもしれん。

しかし、いくら今のハルヒたちが女神《めがみ》と化しているからと言って、わざわざ演者まで似せる必要があるのか？

「僕たちに彼女たちの役割を教えるためかもしれません」

古典芸能を見る目で演目を鑑賞《かんしょう》しながら古泉は言う。

「椅子の意匠《いしょう》やシンボルだけでは伝わらないと判断されたのか……いずれにしろ悪趣味《あくしゅみ》であるのは同意します。僕の偽者はいないようで、これは安心していいんでしょうかね」

知るか。それよりももう一人、目に留まったのがいるのだが、

「あれはあの爺《じい》さん……じゃねえな」

ゼウス役の老人が今まで何度もしゃしゃり出てきたあの爺さんかと思ったら、こっちも微妙《びみょう》に別人だ。ゼウスとヘラ両名は舞台中央に鎮座《ちんざ》したテーブル席で主賓を差し置き、上へ下への丁重な振る舞《ま》いを受けている。尊大なところだけはハルヒのデッドコピーだ。

神々に扮《ふん》した演者たちのどこかカラ騒《さわ》ぎめいた婚礼の宴会《えんかい》がしばらく続いていたが、やがては、すでに知っている展開に移行する。

前述した通りの不和のリンゴ事件である。

黒髪《くろかみ》ロングヘアのエリス役が投げ込んだ黄金のリンゴが、宴会場を即席《そくせき》のバトルスタジアムへと変え、カラ騒ぎは乱闘《らんとう》騒ぎへと発展する。

かくて、判定はゼウスへと持ち込まれる——といったところで、舞台は暗転した。

照明もないのに暗転とは？　と言われそうだが、俺だってそう言いたい。とにかく暗転

としか思えない演出が加わり、光が戻《もど》ったときには舞台は牧草地になっていた。

まるで魔法《まほう》をかけられたように風になびく緑の草原となった舞台で、一人の若者がヒマそうに羊の群れを追っている。その人物こそ、自分が王族の生まれだと知ったばかりのトロイア王子パリスの姿だった。そこにゼウスの全権大使となったヘルメスがヘラ、アテナ、アフロディーテを伴《ともな》って天上から舞い降りる。

ヘルメスはパリスに三女神の中で最も美しい者を選ぶように迫《せま》り、女神たちが懐柔《かいじゅう》工作に走った結果、賞品であるヘレネの意思を無視したプレゼンテーションでアフロディーテが勝利したのは、すでに述べたままだ。

こうして大女神二人の憎悪《ぞうお》を一身に受ける中、パリスは船旅の準備に取りかかった。目指すはもちろん、ヘレネの暮らすスパルタである。実はパリスにはすでに妻がいたし、また姉のカサンドラはトロイアの将来を憂《うれ》い弟に翻意《ほんい》を促したりもしたが、その言葉は彼の耳には届けど頭には響かなかったようである。美の女神の甘い囁《ささや》き声に掻《か》き消されていたのだろう。

次の暗転が明けた時、パリスはギリシャへ向かう船の上にいた。

数隻《すうせき》からなる船団を組み、舳先《へさき》に白波を受けてエーゲ海を突《つ》き進んでいる。まだ見ぬ美女へレネへの激情が彼の頬《ほお》を高揚《こうよう》させ、海風の冷たさをものともしない。パリスのかたわらには親族にしてトロイアの誇《ほこ》る英雄《えいゆう》アイネイアースの姿があり、王子の無謀《むぼう》とも言える計画を下支えしていた。そう、ヘレネの誘拐《ゆうかい》という大罪を。

「草原になったと思ったら海まで湧《わ》いて出て、おまけに船団だと？　どうなってんだこの劇場は。どんなカラクリだ」

俺のイチャモンに、今のところ答えてくれるのはこいつだけだ。

「古代ギリシャとローマの文化をごっちゃにしている疑いが拭《ぬぐ》えませんね。この劇のセリフはどうやらラテン語ですし、涼宮《すずみや》さんたち女性陣《じん》はギリシャ風ですが僕たち二人はローマ風の服装です」

古泉は普段《ふだん》使いのスマイルで、

「古代ギリシャ時代のトロイア戦争をモチーフにした演劇――を帝政《ていせい》ローマ時代の劇場でローマ人の役者たちが演じている――という内容の現代ハリウッド映画――だとしたら、実にしっくりきます」

「虚構の三重構造か」

現実の俺たちと俺たちが観ている映画、その映画で描《えが》かれるのは伝承を元にした演劇、その演劇の題材となった伝承も虚実混在の言い伝えに過ぎない。そうなると本当の部分はいったい何％残っているものやら。

「現状の仮想空間にいるこの僕たちも入れると四重、場合によっては現実にいるほうの僕たちも勘定《かんじょう》に入るかもしれません」

古泉は劇場をぐるりと見渡《みわた》し、

「この世界の創造主は、フィクションとドキュメンタリーの違《ちが》いが理解できていない可能性があります。おそらく映像化された作品を参考にして世界を構築したのでしょう」

ファンタジーとSF回はそうとしか思えんな。西部劇もたいがい無茶だったし、禁酒法時代に至ってはヘタな映画の中に別のC級ドラマが混入してきたような手際《てぎわ》の悪さだ。

しかし史実を忠実に再現した映像と、誰《だれ》かが一から頭の中で考えた物語の実写化作品、その区別がついていないとか、どんな脳ミソしてんだ。

「地球人類が辿《たど》ってきた歴史をまったく知らない他の惑星《わくせい》の住人ならば、解説しないと勘違いしたままになるのではないでしょうか」

だとしたら、これをやってるのは情報統合思念体ではない。長門の親玉なら、そのあたりのことはもうちょっと解《わか》ってるだろう。

ふと舞台《ぶたい》に目を落とすと、長い航海の過程をすっ飛ばしてペロポネソス半島に到着《とうちゃく》したパリスが、トロイア外交使節団の一員としてスパルタ王宮に足を踏《ふ》み入れたところだった。

このタイミングでテーブル上に料理と飲み物が運ばれてきた。

どことなく侍女《じじょ》めいた風貌《ふうぼう》の美女たちが、銀の食器にてんこ盛りになった色とりどりの謎《なぞ》料理をがんがん並べ始める。

真っ黒なスープの魚介《ぎょかい》料理に使われているのはイカスミらしいが、他に正体が解るのはフルーツ満載《まんさい》の盆《ぼん》くらいで後は何の肉をどう調理したものなのか、どんな魚を何で味付けしたものか、まったく予想もできない。

まあ、ここがコンピュータサーバの中なのだとしたら、食っても食あたりしないで済みそうではあるが……。

「コンピュータサーバ？」

ん？　ああ、すんなり思い出せた。さすがにもう、そう簡単には忘れてやらねえ。

「の、中ではなさそうだ、という話でしたね」

古泉も俺と同様だったようで、銀のカップを手にして余裕《よゆう》の微笑《びしょう》を浮《う》かべている。俺の席にも運ばれているカップの中身は、ねっとりとした何かの果汁《かじゅう》だ。桃《もも》っぽいがわずかに柑橘《かんきつ》系の酸味がある。

「これがかのネクタルでしょうか？」

さあな。酒ではなさそうで安心だが。

ハルヒたちのほうを見ると、三人のもとにも料理と謎飲料が行き渡《わた》っていた。そっちにはテーブルがないから、跪《ひざまず》いた召使《めしつか》いたちが手で皿や杯《さかずき》を捧《ささ》げ持っている。

ハルヒはステージから目を離《はな》さないまま、差し出される皿にフォークをブッ刺《さ》して口に運び、朝比奈さんはおっかなびっくりカップの中身を啜《すす》って「ふわー？」とか言っていて——。

そして長門は真《ま》っ直《す》ぐこっちを見ていた。

俺はフルーツ盛り合わせの中の何かの果物の小さな実を口に放り込むと、長門にハンドサインを送った。

思いつきの適当なサインだったが、ＳＯＳ団きっての情報通は、その意図を間違わない。

「…………」

音もなく立ち上がった長門は、ゆっくりと、しかし確かな足取りで俺たちのテーブルに来ると、俺の横に座った。その姿は燐光《りんこう》に包まれ、近くにいるとフラつきそうなほどの何かしらの神聖性を感じさせる。言っといて何だが、自分でもこの感覚を説明しきれない。

長門が席に着くと、すかさず脇《わき》に控《ひか》えていた侍女ポジのＮＰＣが銀杯《ぎんぱい》を長門に捧げる。受けとった長門が一瞥《いちべつ》すると、侍女はすすっとテーブルから離れた位置へと下がった。

他の侍女たちも遠巻き、ハルヒと朝比奈さんは舞台か料理かに夢中、こうしてSOS団事件解決班の三人で内緒話《ないしょばなし》の続きをする態勢が整った。

古泉は身を乗り出すようにして、

「長門さん、脱出《だっしゅつ》の目処《めど》があるなら、そろそろ教えて欲しいのですが」

長門は一回瞬《まばた》きしたのみで、

「その前に量子化」

「の、説明をしろと？」

眉《まゆ》をひそめる古泉に、長門は無情な声で、

「理解の促進《そくしん》は今後の行動指針の決定を円滑《えんかつ》にする」

「やはり必要ですか」

やれやれ、と古泉は両手を広げ、

「それでは現時点で有力な仮説を復習しておきましょう。長門さんによると、この世界は実体のない仮想空間の中であり、僕たちは量子化された情報として存在するデータ人間だという話でした」

そんな感じだった。

「また僕たちSOS団の五人は、何らかの要因で現実にいる僕たちと今ここにいる僕たちに分裂《ぶんれつ》している……としか言いようのない状態にある」

長門が言うのだから俺の感覚より蓋然《がいぜん》性があるのだろうさ。

「その二点は重要なポイントと思われるので、しっかり覚えておいてください。それでは浅学の身ではありますが、他に適任者がいないようなので解説役を務めさせていただきます。ですがその前に断っておかなければならないことがあります」

古泉が向けた視線の先には長門がいた。

「長門さん的には、それは我々人類が現時点で知り得た量子論、量子力学の法則や知見とは微妙に異なり、仮に名付けるなら超《ちょう》量子論や拡張量子力学とでも言うべきなのでしょうが、僕には理解が追いつかないので、この際、普通《ふつう》の量子論として受け止め、認識《にんしき》することにします。それでもいいでしょうか？」

その問いかけに、長門はあっさり頷《うなず》いた。

古泉はカップのどろりとした果汁を一口飲み、

「ついでに告白しますが量子論自体を完全に理解しているわけではありません。どちらかと言うと理解できてないカテゴリーに入る自信があります。実に様々な解釈《かいしゃく》があり、異なる主張があり、また非常にややこしくもあるのですよ。ですから、今から僕が言うことは眉に唾《つば》をつけて聞いておいてください」

ずいぶんと長い予防線だ。

「まず最初に言っておきます。量子論を解りやすく説明するのはほとんど不可能です」

古泉は爽《さわ》やかな口調で予防線を延長した。

「しかしながら誤解、あるいは誤読されることを承知で解説しましょう。どうか『どうやったらそんなことができるんだ？』とか、『何でそうなる？』とか、『とてもじゃないが信じられん』などの疑問はなしでお願いします」

長門がそんなツッコミを入れるはずがないから、封印《ふういん》されるのは俺の口だけだな。×マークの付いたマスクを渡される前に訊《き》いておく。

「量子論と量子力学はどう違うんだ？」

「あえて適当なことを言いますと量子を大まかに扱《あつか》っているのが量子論で、より専門性を高めたのが量子力学となります。まあここでは同じものだと思っていただいて構いません。なぜなら僕がそう解釈しているからです」

オケ、了解《りょうかい》した。よく解らんがそれでいい。続けてくれ。

「それでは、あくまでざっくりとですが」

古泉は居住まいを正してから、

「量子とは、波の性質を持ちながら、粒子《りゅうし》のように個数を数えることのできる存在のことです。『波と粒子の二重性』という呼ばれ方をします」

その程度ならどこかで聞きかじったことがあるような気がする。

「身近なところで言うと、光や電子ですね。この二つが波であることは二重スリット実験などで気軽に確かめられます」

波とは。

「この場合の波というのは電磁波とか周波数などの波です。ご存じのように波そのものには実体はありません。海や水面で発生する波や音波、地震波《じしんは》などを見ても解るように、波は他の何かを媒介《ばいかい》した振動《しんどう》、波動なんです」

なるほど。

「一方、粒子は途方《とほう》もなく小さいですが、れっきとした実体を持っています。たとえば僕たち人間の身体《からだ》は炭素や酸素や水素などの原子で出来ていますが、原子核《げんしかく》を構成する陽子や中性子などは粒子です。それよりもっと小さいクォークも、これもハッキリと素粒子《そりゅうし》として認識されています」

まだ解る。

「つまり波と粒子は、その概念《がいねん》からして異なる存在なわけです。にもかかわらず光も電子も、波であると同時に粒子でもあるとはどういうことかと言いますと」

ふむふむ。

「それらは波として観測しようとしたら波として振《ふ》る舞《ま》い、粒子として観測しようとしたら粒子となって出現するという、ちょっと感覚的には信じがたい挙動をするんです。しかしこれは厳然とした事実であり、歴然とした観測の結果です」

何でそうなる、と言いかけて俺は言葉を飲み込んだ。

古泉は微笑しつつ、

「そうなっているのだから仕方がありません。頭に浮かんだ疑問は真空パウチにでも入れて冷凍《れいとう》しておいてください。よく解らないけどそうなんだ、と信じるところからがスタートです。なんせ言ってる僕も理解できているとは言いがたいのですから。ある高名な量子論の権威《けんい》なんか、考えすぎたあまり量子力学とは仏教における色即是空《しきそくぜくう》の思想だ、と悟《さと》りを開いてしまったくらいです」

よっぽどだな、そりゃ。

「量子論の解説書を読むとたいていもっと解りやすく説明してくれないかと思うのですが、こうして説明する側に回ると、確かに量子力学と解りやすさは対極の位置にあるとしか言えませんね」

ここで古泉は長門へ視線を送った。解説役の交代を申し出たつもりなのかもしれなかったが、アテナの神性を華奢《きやしや》な身に宿した有機アンドロイドは、銀製の爪楊枝《つまようじ》でフルーツ盛り合わせの葡萄《ぶどう》の実を機械的に口に運ぶ作業にいそしんでいた。

古泉は吐息《といき》を漏《も》らし、

「では次に、重ね合わせという現象について説明します。長門さん説によると、ここにいる我々は、現実にいるもう一方の肉体を持つ我々と量子力学的な重ね合わせの状態にあるとのことです。それは一体何なのかというと」

しばらく斜《なな》め上に目を向けてから、

「ためしに電子で説明しましょう。電子は上向きか下向きのスピンを50％の確率で持っていて、観測することで初めて上向きか下向きかが決定します」

スピンとは何だ？

「角運動量のことです。量子は様々な方向に回転しているものだと認識してくれたら、とりあえずそれで結構です。解《わか》りにくければ上向きと下向きを右回りと左回りやプラスとマイナスにでも置き換《か》えて考えてください」

選択《せんたく》科目で物理を取るのはやめておいたほうがよさそうだ。

「観測した結果、電子のスピンは上向きだったとしましょう。さて問題はここからです。我々の経験則的な直感では、電子のスピンはあらかじめ最初から上向きか下向きのどちらかに決まっていて観測はその追認をしているだけ――と思いがちですが、量子の世界ではまったく異なります」

どう異なるのか聞こうじゃないか。

「観測するまではどちらとも言えない上向きにも下向きにもなりえる状態、というのが観測前の電子の状態なんですよ。それが観測されたその瞬間《しゅんかん》に上向きか下向き、どちらかに50%の確率で収束します。半分上向きであり半分下向きでもあるという曖昧《あいまい》な状態から、そこで初めて上向きか下向きスピンのどちらかであると決められるのです」

誰《だれ》が決めたんだ。

「誰も。純粋《じゅんすい》に数学的な確率によって決定されます」

古泉は銀食器からオリーブの実を取り、テーブル上《じょう》に転がした。

「サイコロを一つ振ったとします。そして転がっているうちに壺《つぼ》で蓋《ふた》をし、回転が止まるまで待ちます。この場合、壺を外して見る前からサイコロの出目は奇数《きすう》か偶数《ぐうすう》か二つに一つです。しかし量子力学の世界ではサイコロは壺を取り去るその瞬間まで回り続けているんです。観測するまでいつまでも」

んなアホな、というセリフを俺は奥歯で噛《か》みつぶした。

「以上の例は運動量の場合ですが、これは位置情報についても同じことが言えます。一つの電子を外から見えない箱の中に入れた後、その箱の真ん中に仕切りを差し込み、箱を左右に分割したとしましょう。この時、波である電子は左右のどちらか一つの箱に入っているのではなく、両方の箱に同時に存在することになります。蓋を開けて観測した瞬間、電子は粒子として右か左のどちらかで検出されます。しかし、それまでは確かにどちらにも入っていたのです」

とてもじゃないが信じられん、と言いたくなったが何とかこらえた。

「これが量子の重ね合わせという状態です。これを土台として、量子もつれという現象について説明します。これからが本題ですよ」

頭の中が痒《かゆ》くなってきた。

「アインシュタインの有名な式、$E=mc^2$に表されているようにエネルギーと物質は等価なので、エネルギーから質量を持つ物質を生み出すことも可能です。たとえば素粒子であるクォークが何らかのエネルギーから何かの弾《はず》みで生まれたとしましょう。その際生まれたクォークは一つではなく、逆の性質を持つ二つがペアとなって誕生します」

解るような解らんようなだな。

「それを参考にしつつ、どうやるのかはひとまず置いといて、一つの量子から二つの電子を同時に生成します。そうすると二つの電子のスピンの向きは、角運動量保存則により互《たが》いに逆方向になります」

まあ、そういうものなのだろう。

「どちらか一つは必ず上向きで、もう片方は必ず下向きとして観測されます」

そうらしいな。

「この二つの電子をそれぞれ電子Aと電子Bと呼ぶことにしましょう」

うむ、異論はない。

「くどいようですが電子AとBはどちらかが上スピンならもう一方は下スピンの状態になります。二つとも同じ向きのスピンにはなりません。Aが上ならBは下、Aが下ならBは上です」

そのくらいならまだ解る。

「二つの電子は観測しないままにしておきます。そして電子Aを手元に置いておき、もう片方の電子Bは地球の反対側、ブラジルあたりに送ることにしました。そうしておいてから手元の電子Aを観測すると50％の確率で上向きか下向きか解ります。この時は電子A＝上向きの観測結果が出たとしましょう。すると自動的にブラジルの電子Bは下向きということになりますね」

そう……なる、な。

「しかし最初に述べたように電子のスピンの向きはあらかじめ決まっていたわけではなく、観測の瞬間に純粋なる確率によって決まります。つまり電子Aは下向きとして観測される可能性もあったんです。その場合、電子Bは自動的に上向きになるわけですが」

ですが？

「ならばブラジルの電子Bは、どうやって電子Aが観測されたことを知ったのでしょう。これも最初に言ったとおり、単体としての電子は、AもBも上向きか下向きかは等しく確率50％なんです。まるで電子Bは『Aのやつが上向きとして観測されたからこっちは下向きじゃないとまずいな』と考えて、自ら下向きスピンになることを決めたかのようです」

何となく疑義を呈《てい》したいが言葉にできないもどかしさがある。

「電子Bの位置がブラジルではなく銀河の反対側であっても同じことになります。このように、どれだけ離《はな》れていようとも二つの量子が絡《から》み合ったかのごとく二つでワンセットとなり、それ以上分解できないような状態のことを、量子もつれ——量子エンタングルメントと言います」

長門が船の上で言ってたやつか。

「しかも二つの電子の間の情報伝達は光速を超《こ》えて行われたとしか思えません。片方が観測されると、彼我《ひが》の距離《きょり》に関係なくもう片方の状態も瞬時に決定されるわけですからね。

この相対性理論に違反《いはん》するような現象に対し、アインシュタイン博士が不快感を表明したことは有名な科学史的イベントです」

よく考えたら相対性理論も理解しているとは言いがたいな。

「このようにエンタングルしている二つの量子をEPRペアと呼びます。ちなみにEPRは当時の量子論に対して苦言を呈した三人の科学者の頭文字《かしら》で、Eはもちろんアインシュタインです」

その命名はどうなんだ。皮肉の一種か。

「と、まあ、これで理解してもらえたでしょうか。重ね合わせと量子もつれというのが、今後の重要キーワードなので無理にでも承知して欲しいのですが」

もうちょっと低レベルな喩《たと》え話で解説できないか。

「一人の人間が頭の中で色々考えるだけならいいのですが、二人の人間が自分たちの意見を戦わせているうちに人間関係がもつれ始める、みたいな感じでしょうか」

長門が初めて口を挟《はさ》んだ。

「その比喩《ひゆ》は適切ではない」

古泉は肩《かた》をすくめ、

「ということで僕のザクッとした解説はここまでです。他にも不確定性原理やら時間対《たい》称化《しょう》やら例の猫《ねこ》やらファインマン博士の格言やら話し出せばキリがないのですが、今の僕たちの状態を説明するには必要ないので省かせてもらいますよ」

　つまり、今までのお前の講義で俺たちが置かれている状況《じょうきょう》がどういうことか解るってことなのか。

「ええ。ですよね長門さん、違《ちが》いますか？」

「違わない」

「では、以上の説明を基礎《きそ》としまして、今の僕たちがどのような存在なのかを考えていきましょう。応用編に入ります」

　長門ゼミにおける古泉講師の授業はもうしばらく続きそうだ。

　ふと視線を劇場のステージに落とすと、スパルタ王城の迎賓館《げいひんかん》でメネラーオス、ヘレネ夫妻がはるばるトロイアから訪れたパリス一行を出迎《でむか》え、盛大にもてなしていた。

　この後、寝《ね》取られの悲劇に遭《あ》うメネラーオスと絶世の美女という設定のヘレネの顔を見て、俺は軽い驚《おどろ》きののち、納得《なっとく》する。

「なるほどな」

　あるときはファンタジー世界の魔王《まおう》に攫《さら》われた王子と姫《ひめ》、あるときは宇宙海賊《かいぞく》に誘拐《ゆうかい》された ナントカ銀河帝国《ていこく》の皇子と姫、あるときはアメリカ西部で荒《あら》くれ者たちに人質にされた牧場の若夫婦、要するに何かと攫われ癖《ぐせ》のある例の男女カップルだ。

どちらもボヤッとした印象しかない容姿なのだが、この劇では双方《そうほう》とも麗《うるわ》しき美丈夫《びじょうふ》と超絶《ちょうぜつ》美人ということになっているらしい。

どこかぼんやりしているメネラーオスのかたわらで、美男子パリスと美女神の奸計《かんけい》によって彼に一目惚《ひとめぼ》れした体《てい》のヘレネが見つめ合い、荘厳《そうごん》な音楽が運命の出会いをドラマチックに盛り上げる。姿なきオーケストラの演奏に耳を傾《かたむ》けながら玉座へと目を転じると、ハルヒと朝比奈さんの二人は尽《つ》きることのない美食の饗応《きょうおう》に舌鼓《したつづみ》を打ちつつ、優雅《ゆうが》に観劇を楽しんでいるようだった。

視線の交差を感じて顔を向けると、

「…………」

長門も同様にハルヒと朝比奈さんを凝視《ぎょうし》していた。いや違う、ハルヒだけを見ている。

その静穏《せいおん》な表情の中に、わずかな切迫《せっぱく》感があるように思っていると、俺の視線に気づいたのか無感情な瞳《ひとみ》はするりと視線を切った。

はて、今の長門のハルヒを見る目に、何の意味があったのだろう？

「さて」

古泉は古《いにしえ》の名探偵《たんてい》が事件関係者を全員集合させた後で言うようなセリフを吐《は》き、

「ここにいる僕たちはそもそも一体何なのか、この世界は何なのか、どうして僕たちはここにいるのか——、それを考察していきましょう」

その口ぶりだと、すでに解答を得ているような感じだな。

古泉はさりげなく長門に目線を送り、まるで目が合わないことに落胆《らくたん》する風でもなく、

「海賊船の甲板《かんぱん》で長門さんが教えてくれたこと、ここが仮想空間であり僕たちが量子化された実体の片割れだという推測を聞いてから、ずっと考え続けていたもので」

そう言えば古泉、お前はいつからかここが現実ではない、仮想世界だと勘《かん》づいていたな？　よく忘却《ぼうきゃく》せずにいられたもんだ。

「ええ。ファンタジー世界にいた頃《ころ》から、あまりに不自然でしたからね。常に疑問を持ち続けていました。一つのことに思考を集中させると、少なくともそのことに関しては、ある程度記憶《きおく》操作を免《まぬが》れるようです。と言っても、たびたび頭の中から飛んでは、また思い出す必要がありましたが」

司会進行役を買って出た古泉は、

「それではまず、長門さんから一言、お願いします」

長門は淡々《たんたん》と応じた。

「我々が現実にいたどこかの時点で、量子状態にある何らかの仮想粒子《りゅうし》を衝突《しょうとつ》させられたと思われる」

…………。古泉、通訳しろ。

果物皿からリンゴをつかみ出した古泉は、銀のナイフを手に取り、

「おそらく、二つの因子を同時に内包する仮想粒子が僕たちSOS団の五人にぶつけられたのでしょう。五人それぞれがその仮想粒子と相互《そうご》作用し、量子化された上で、僕たちは二つに分裂《ぶんれつ》させられた」

リンゴをさくっと二つに分割して、

「そして現実の僕たちとここにいる僕たちは、重ね合わせ状態であると同時にEPRペアの関係にもなった——これが長門さんの言わんとするところです」

長門の頭がわずかに揺《ゆ》れた。頷《うなず》いたらしい。

「ううむ」と俺は唸《うな》り、「そんな規格外なことができそうなのは……」

「統合思念体でないなら、別種の宇宙的存在でしょう。広いですからね、宇宙は」

だからといってそんな目に見えない神じみた連中がウヨウヨしているような銀河系を、俺は想像したくない。頭痛の種は少ない方がいい。

「それで」と俺は言った。「その二つの因子とは何だ？」

不意に古泉は視線を上げ、周囲を見回してから、

「今まで僕たちが辿《たど》ってきた状況を思い出してください。ファンタジーRPG、銀河パトロール、西部劇、ギャング映画のワンシーン、人食い鮫《ざめ》との格闘《かくとう》、大航海時代海賊編——そして神話の一ピースとしてのトロイア戦争……」

全部どこかで見たことがあるようなものばかりだな。テレビか漫画《まんが》か本の中で。

「それが答えです」

二分割したリンゴを弄《もてあそ》びながら、

「それらを一言で表すと虚構《きょこう》、フィクションです。つまり僕たちは、物語の中にいるんですよ」

やはりと言うべきか、エイリアンが人間の作った物語作品を再現していた世界ならアチコチおかしかったり変に偏《かたよ》ってたりしたのも道理だな。俺は吐息《といき》を漏《も》らし、本心を吐く。

「どうせなら俺の好きな名作漫画の中に行きたかったね」

古泉は二つに分割したリンゴの片方を持ち上げた。

「このことから、僕たちが相互作用させられた二つの因子が何かは明らかです。僕たちの片割れは現実に残り、そしてこの僕たちがフィクションの世界にいるということは、〈現実：虚構〉のような、半々の確率で現実でもあり虚構でもある、そんな仮想粒子でしょう」

しかし、現実や虚構なんてのはただの概念《がいねん》だろう。そんなものを物理的にぶつけることなんてできるのか？

「概念の量子化」

長門は平然と呟《つぶや》く。

「概念量子。不可能ではない」

「そして〈現実：虚構〉の〈現実〉と相互作用した僕たちはそのまま現実に残り、〈虚構〉のほうに作用した僕たちは、フィクショナルな存在となって、今ここにいるわけです」

古泉は二つに切り分けたリンゴを再び一つに合わせて皿に戻《もど》した。食えよ。

「現実の僕たちと今ここにいる僕たちは量子的にもつれ合う状態になっている。僕たちはまだ現実と完全に断ち切られたわけではないんですよ。むしろ密接に繋《つな》がっています」

微笑《びしょう》する唇《くちびる》の角度をやや上げながら、

「そこに僕たちがここを脱出《だっしゅつ》するヒントが隠《かく》されている気がします」

それが正しいとして、するとと何か？　これをやったヤツが何者かはともかく、虚構化した俺たちを閉じ込めるために、これだけの世界を作りやがったということなのか。

「そうとしか思えませんね」

「しっかし」と俺は自分の手のひらをじっと見た。矯《た》めつ眇《すが》めつ。

「この身体《からだ》が虚構だとは、パッと見では解《わか》らんな」

「ただの虚構とは違います。いわば実体のある虚構でしょうか。早い話、我々の肉体を構成する原子もまた量子なのですから、僕たちはもともと量子でできていると言っても過言ではありません」

　さすがにそれは言い過ぎだろう。

「純粋《じゅんすい》な確率論に則《のっと》ると、僕たちが昨日まで現実空間にいたならば、その流れで今日も現実空間にいる可能性は非常に高い。しかし、ほんのわずかな可能性として仮想空間上に僕たちが存在する、という事象が起こり得る確率はゼロパーセントではないのです」

　いやないだろ。詭弁《きべん》にしか聞こえん。

「限りなくゼロに近い確率でも、ゼロではない以上、ほんのわずかな可能性として、あり得るということができます。もっとも自然現象でそんなことが起きる確率は百億分の一パーセントくらいでしょうが」

　そこまでゼロに近い確率はゼロとみなしていいはずだ。でないとキリがない。それにそんな仮想空間が地上のどこにある。超ハイスペックのスーパー量子コンピュータサーバ並みのものが……。

ってまあ、ここにあるわけだが。

「インターフェースは不明」

長門がいつかのセリフを繰《く》り返した。

まあいい。俺の疑問はまだある。

「人格をコピーして仮想空間に転移するだけではダメだったのか？　感覚的にそっちのほうが簡単にできそうだ」

「精神のみをコピーしただけでは意味がないのかもしれません」

手にしたナイフでリンゴの皮を剝《む》きながら、

「もしかしたら人間の意識というものは、肉体と不可分な現象なのかもしれません。脳以外の部位にも意識が拠《よ》り所《どころ》とする箇所《かしょ》がある……のかも」

古泉は長門に流し目を送ったが、小柄《こがら》な文芸部員はオリーブの実をリスのように囓《かじ》っているところだった。

「意識を仮想空間で再現するには意識コピーだけでは不足で、肉体の情報も必要とされるのだとしたら」

本当にそんな理由なのか。

「今ここにいる僕たちが一つの解答になります」

俺は長門の真似《まね》をしてオリーブの実を口に放り込み、すぐに後悔《こうかい》した。えらく酸《す》っぱい。

「現在の僕たちは肉体を持ったまま仮想空間にいる。矛盾《むじゅん》のようにも思えますが、肉体込みで量子化された状態になっているのだとしたら有りかと。それにここは我々が定義するような仮想空間――コンピュータサーバ上の電脳空間ではなさそうですし、異空間としか解りませんから」

口直しに俺は古泉が差し出した皮むきリンゴを受け取り、囓った。酷《ひど》く甘いな。

「これをおこなっている存在は人類より遥《はる》かに発達した量子技術をすでに得ており、量子をある程度コントロールできるということなのでしょう」

古泉はナツメヤシのドライフルーツを嚙《か》み千切りながら、

「かなり恣意的《しいてき》な分裂現象です。我々は量子を確率でしか読み取れませんが、彼等《ら》は量子を使ってこれだけのことを可能とするテクノロジーを持っているわけです」

まあハウ・トゥーのほうは何となく解った。

「それで、その彼等とやらは何でまた俺たちをこんなところに閉じ込めて、三文芝居《しばい》の大根役者じみたことをさせているんだ？」

「さっぱり解りません。ただ、何らかの実験なのではないかという気はしています。SOS団の五人を様々な状況下《じょうきょう》に置いた場合、それぞれどのようなリアクションをするのかという……長門さんはどうですか？」

「目的は不明」

カップの中身を音もなく啜《すす》りながらだが、長門のセリフは明瞭《めいりょう》だった。

「観察されている。それだけは認識《にんしき》できる」

なぜ解る。

「わたしがいつもしていること。それと同じ。気配を感じる」

見えざる監視《かんし》カメラを俺が探していると、

「あるいは僕たちからオリジナルの意識を消し、ロールプレイの役割の人物に完全に同化させせることが目的なのかもしれません。多くのシチュエーションを用意しているのも、どんな世界観が僕たちにハマるのか総当たりで試《ため》しているのかも」

つまり放っておいたら俺たちは別人と化して誰《だれ》かが用意した物語の中で永遠に役割を演じ続けるハメになるということか。

ロールプレイさせられている間に、そのキャラになりきってしまう。世界を転々とするうちに、どれかに俺たちのマインドが合致《がっち》するものがあるかもしれん。

そしてそのまま、現実に戻れなくなるというわけだ。やはりおちおちとはしていられないな。ゲームを終わらせる気のないゲームマスターには付き合いきれない。

「さっさとどうにかしようぜ。まず何をすればいい、長門、古泉」

俺の決断に、長門はカップを置き、古泉の微笑から歯が覗《のぞ》いた。

「論点を整理しましょう。僕たちの現状は以下のようになっていると思われます。

・SOS団五人に「現実と虚構」という二つの「概念」が相互作用。
・「SOS団×現実」と「SOS団×虚構」という二つの存在ができる。
・この二つは量子もつれ及《およ》び重ね合わせ的な関係にある。
・SOS団×（現実＋虚構）＝SOS団（現実）＋SOS団（虚構）

この長門さん説が正しければ、現実の我々と今の我々は何らかの要素で繋がっていることは確かなんです」

それが〈現実：虚構〉なる概念量子とやらか。

「単に現実と虚構、というのも芸がありませんから、ここは格好を付けて（r，f）、リアル、フィクションとでも表記しておきましょうか」

古泉は自分の前の料理皿を押しのけながら、

「書くものが欲しいですね。ここは知恵《ちえ》の神に頼《たよ》りましょう。長門さん、本が読みたいと思いませんか？」

「思う」と長門。

「本が読みたい、と願ってみてください」

ポン、とマヌケな音とともに、乾《かわ》いたA３用紙の面積ほどの粘土《ねんど》板が長門の膝《ひざ》の上に落ちてきた。奇怪《きかい》な文字が記されている。

「これは……線文字Bですか？」

「A」と長門は素っ気なく言う。

「それはすごい。未解読のほうでしたか。読めます？」

「解析《かいせき》の必要がある」

「解読にどのくらいかかりますか」

長門が考え込むのを見ながら、俺は首を横に振《ふ》った。

んなこたどうでもいいんだよ。今は。

「そうでした。油断した途端《とたん》、思考が違《ちが》う方に引きずられます」

古泉は長門の膝から粘土板を取り上げ裏返した。何も刻まれていない無地の板が現れる。

「紙でないのは時代性を考えたら仕方がありませんね」

オリーブに刺《さ》さっていた銀製の楊枝《ようじ》を取り、ガリガリと書き殴《なぐ》ったのが、

SOS（r，f）＝SOS（r）＋SOS（f）

SOS（r）のほうの、現実の俺たちはこのことに気づいているのか？

「長門さんならあるいは……。僕含《ふく》め他の人間は普段《ふだん》と変わらない日常を過ごしているような気がします」

SOS団が分裂《ぶんれつ》し、現実と仮想世界にワンセット存在する。何となく首の後ろが寒い。

「難しいことは無視して、シンプルにこうなればいいはずです」

SOS（r）＋SOS（f）＝1

小学生でも書けそうな計算式だ。

「しかし、この結果にたどり着くまでにどれだけの工程が必要なのか、見当も付きません」

ところで現実にいるほうの俺たちは宇宙人に謎《なぞ》の粒子《りゅうし》をぶつけられてなんともないのか。

「現実側の変数（r，f）の影響《えいきょう》がどの程度か不明確ですが、現実の僕たちはそれほどおかしなことにはなっていないと信じたいところです。長門さんはどう思いますか」

「現実の我々は比較《ひかく》対象のためのオリジナルとして保持されるだろう」

つまりそのまんまの俺たちか。

「限りなく（r＝1）に近いと推測する。パーセンテージイレブンナイン以上」

現実の俺たちは純度99・999999999％だけ本人というわけか。それならいいか——とはならないな。端数《はすう》が出るのは収まりが悪いし、第一、気に入らない。釣《つ》りを返せと言いたい。

「釣りに相当するのは今ここの僕たちなのですが」

古泉は銀の楊枝を粘土板の上に転がして、

「ただの人格コピーであれば、このままここで生きるのも仕方がないと思うこともできましたが、現実にいる僕たちにも、未知の化学作用が強引にかけられているのだとしたら、さすがに放置したくはありません」

ふっと笑《え》みをこぼし、

「この世界でSOS団のメンツでいつまでもロールプレイに興じるというのも悪くはないですけどね。十中八九、僕たちはコピーだと思っていましたから」

だが現実の俺たちと仮想空間の俺たちに枝分かれした。

「ええ、僕たちは現実とここととで重ね合わせ状態になったわけです。つまりどっちも本物です」

だからいいって話ではないな。

「それに僕たちが現実と仮想で二つに分裂している事態は異常事態とも言えます。この現象が何をもたらすか、ちょっと想像がつきません。もしかしたら現実の僕たちも違和感《いわかん》を覚えているところではないでしょうか。仮に涼宮さんがこのことに影響を受けていたとしたら、それがどんな状況を生むのか……。それはこちらの涼宮さんにも言えることです」

何者かによるフィクション劇場を受動的に楽しんでいる場合ではないってことだ。これからは能動的に何とかしないといけない。現実に帰還《きかん》するために……。

いや、待てよ。

「一つ疑問がある」

俺は古泉の目を見据《みす》えた。

「仮に今の俺たちがここから脱出《だっしゅつ》できたとしよう。そしたら俺たちはどうなる。まさかSOS団がもう一組できるわけじゃねえよな」

「考えたくもない現象ですね」

「なら、現実の俺たちと合体して一つの肉体に戻《もど》るのか？」

「そうなるのが理想ですが」

「ですが、じゃない。ではどうなるんだ。この俺たちは？　簡潔に答えろ」

長門の声が割り込んだ。

「SOS（r）＋SOS（f）＝1を実行すれば量子もつれ及び重ね合わせは解消される」

落ち着いた口調が淡々《たんたん》と宣告した。

「波動関数の確率論的収束に従い、こちらの我々の意識は存在とともに消滅《しょうめつ》するだろう。現実の我々が唯一《ゆいいつ》の存在となる」

それは死刑《しけい》宣告に近かった。

「存在確率の二重性が解消されたら、どちらかが消えるのは当然のことです。光が粒子か波、どちらか一方としてのみ観測されるように」

補足する古泉の声はやや湿《しめ》っている。

「しかし長門さん、事態を解決した結果、現実世界で僕たちが二人ずつ存在することにはならないというのは確実ですか？」

「フェルミオン」

「……ええと、排他《はいた》原理を当てはめることで（r）の僕たちと（f）の僕たちは同じ場所に同時に存在できなくなり、いずれにせよ量子状態が解除される。僕たちの肉体を構成する素粒子《そりゅうし》はだいたいフェルミオンだから……という理屈《りくつ》でしょうか？」

長門は口を開きかけて閉じた。言葉で説明しようとして無理だと悟《さと》った、みたいな顔をしている。古泉も諦《あきら》めたように肩《かた》をすくめ、

「過程が何であれ、どちら側が消えるべきかは考えるまでもありませんね。こちらの僕たちがここで過ごした記憶《きおく》を持ったまま、現実に復帰するわけにはいかないでしょう？」

俺は目を閉じて黙考《もっこう》する。

ここにいる俺は確かに不自然な存在だ。何者かの意思に従い強制的に世界を転移させられ続けている。ひょっとしたら永遠にこの状態が続くかもしれない。だからと言って消えたいかと訊《き》かれると、イエスと即答《そくとう》するだけの覚悟《かくご》なんてありはしない。

古泉の声が鼓膜《こまく》を震《ふる》わせる。

「程度の差で言えば、僕たちが二種類の記憶を持つようになるくらいならまだいいんです。まかり間違《まちが》って実体化してしまうほうが問題です。何が起こるか解《わか》りません」

俺たちに突然《とつぜん》、双子《ふたご》の兄弟姉妹ができるようなもんだからな。俺たちはともかく、ハルヒが二人になると考えただけで現実逃避《とうひ》したくなる。

ならば記憶だけならいいのかとなると、俺と古泉、長門は問題ない。朝比奈さんもまあ

何とかなるだろう。だが、ハルヒはどうなる。もし、こっちのハチャメチャな冒険《ぼうけん》の記憶をばっちり携《たずさ》えたまま、現実に戻ったとしたら。

「やはり悪夢だな」

「わずかな確率でこっちの僕たちのほうが真となって、現実側の僕たちが消滅する可能性もありますが、現実の僕たちはイレブンナインパーセント以上本人なので、こちらの僕たちが選ばれる確率は、だからほとんどゼロに近いでしょう」

「もっと低いと思われる」と長門。ほとんどゼロとゼロの間をどう表現したものか。

「ですが僕たちは、確率の壁《かべ》を超《こ》えて本来あり得ない現象をやすやすと現実のものとしてしまう女性を一人知っています」

哀愁《あいしゅう》さえ感じさせる古泉の口調だった。

「杞憂《きゆう》だといいのですが」

こっちの記憶を持ったハルヒが現実に出現したら、あいつが何を考え始めるものやら。考えるだけならいいが、それが現実に作用、影響を及《およ》ぼすようになれば、あまり想像したくないことになりそうだ。都合よくハルヒだけが部分的記憶喪失《きおくそうしつ》になってくれる可能性に賭《か》けるのは、南極に行ってペンギン相手にシロップ抜《ぬ》きのカキ氷を売ろうとしているようなものである。うまくいくはずがない。

無為《むい》な思案に暮れる様子の俺を見てどう思ったのか、長門の静かな声が、

「我々は元の（1）に戻るだけ」

まるで福音《ふくいん》のように響《ひび》いた。

「それは必ずしも死を意味しない」

ここは覚悟の切り時だな。

「よし解った。こっちの俺たちのことはいったん忘れよう」

ひょっとしたら何かちょうどいい感じの奇跡《きせき》が起きて御都合《ごつごう》主義的なまでに俺たちにとって万事が望ましい結果になるかもしれんが、取りも直さず大前提としては、

「こんな記憶を現実に持ち越してもロクなことにならん」

そこで気がかりが生じる。

「あるいは、それが《敵》の……これをやっているヤツらの狙《ねら》いなのか」

「かもしれません。ある日突然、存在しない破天荒《はてんこう》な冒険譚《たん》の記憶を持っていることに気づいて愕然《がくぜん》とする……僕らはともかく、涼宮さんがここでの記憶を持ち込んだりしたら、そこから世界がどう変容するか、まったくの未知数です」

長い白昼夢を見ていたと思い込んでくれたらいいいんだがな。

こっそり様子を窺《うかが》うと、ハルヒは玉座にしどけなくもたれ込み、侍女《じじょ》が持つ皿からナッ

ツを摘《つ》まんではボリボリと、完全に自宅で動画でも観《み》ているがごときリラックスぶり、朝比奈さんは両の拳《こぶし》を握《にぎ》りしめて舞台《ぶたい》を見つめている。

その舞台上では、例のへのへのもへじ顔のメネラーオスが祖父の葬儀《そうぎ》に出席するためクレタ島に出かけた隙《すき》に、攫《さら》われるのが癖《くせ》になっているとしか思えない姫《ひめ》役が扮《ふん》するヘレネと誘拐《ゆうかい》犯パリスは手に手を取って王宮を抜け出していた。緊迫感《きんぱくかん》を煽《あお》るスリリングなBGMが鳴り響く中、二人はスパルタを訪れたトロイア一行とともに港へと急ぐ。

無事船に乗り込んだ彼等《ら》が船団ごと逃《に》げるように出航し、トロイアを目指して地中海を爆走《ばくそう》するころ、ヘレネの駆《か》け落ちが発覚した王宮では蜂《はち》の巣《す》をつついたような騒《さわ》ぎになっていた。ヘレネには幼い娘《むすめ》ヘルミオネがいたが、そのまま置いて行かれており、母を呼び嘆《なげ》き悲しむ少女の悲痛な姿が朝比奈さんの涙《なみだ》を誘《さそ》うのだった。

「それで、今後の方針は？」

俺の問いに古泉は長門へ目線を送り「おや」といった表情になる。

その時になって、俺は長門がハルヒの方へ瞳《ひとみ》を向けていることに気づいた。その目つきに見覚えがある。少し前も、こいつはどこか真剣《しんけん》さを感じさせる雰囲気《ふんいき》でハルヒを凝視《ぎょうし》していた。玉座の手すりにしな垂れかかってカウチポテトを決め込むハルヒの姿が、何でまたそんなに気にかかるのか。

疑問が通じたのか、長門は視線を俺に戻すと、

「急ぐべき」

珍《めずら》しく自己主張した長門は、次にギョッとするようなことを言った。

「涼宮ハルヒから放射される解析《かいせき》不能のエネルギーが増大傾向《けいこう》にある」

俺はとっさにハルヒへと目を転じ、だらしない女神《めがみ》姿の団長でしかないことを確認《かくにん》した。

まあ見るだけ無駄《むだ》だな。そんなもん俺が感知できるわけがなかった。

「ほう」と古泉は身を乗り出し、「現実改変能力が発動しようとしているのですか？」

「そのエネルギーが何をもたらすかは不明」

長門は端的《たんてき》に答えた。

「ここは現実ではない」

「なるほどー？」

古泉はこめかみを掻《か》きながら、

「しかし涼宮さんの現実認識としては、ここが現実なのかもしれないので……いや、認識上の現実と、実際の現実は根本的に違《ちが》いますから……」

軽く唸《うな》ると俺に向け、

「どうなんでしょう？」

知らん。ただ気になることはある。

「なぜハルヒは、今になってそのエネルギーとやらをせっせと生み出しているんだ？」

「不明」

長門はそっけない。しかし、ブラックダイヤモンドのような瞳で、

「あなたになら解るかもしれない」

そう言われても俺はハルヒ付きの報道官でもなんでもなく、ましてや団長の言ってもいないセリフからその真意をくみ取ることができるほどエスパーじゃない。

だが長門の目線は俺を貫《つらぬ》いたままだった。

「この仮想空間において世界を転移するたび、そのエネルギー放射は微増《びぞう》していった。それがしばらく前から急速に増えつつある」

「どのくらい前だ」

「トロイアに到着《とうちゃく》したあたり」

本当に直前だな。グラフにしたら恐《おそ》ろしい急カーブになりそうだ。

「だから急いだほうがいい……のか」

長門は小さく頷《うなず》きを返し、

「それが限界に達する予想時刻は流動的。しかし指数関数的な増大速度を考慮《こうりょ》すると、次の世界転移までに何らかの力が行使される確率が大」

一発逆転を期待してそのハルヒのトンチキパワーに賭けてみるってのはどうだ？

「……あなたがそうしたいなら」

すまん、忘れてくれ。

「しかし」と俺は取り繕《つくろ》うように首を捻《ひね》った。「ハルヒが謎《なぞ》エネルギーを溜《た》め込んでいってるって？　世界から世界に飛ばされることに特に疑問を持っていなかったように見えたが」

「表層意識は騙《だま》されても、無意識的に何か変だと感じていてもおかしくはないでしょう」

古泉が常識的すぎて面白《おもしろ》くもなんともないコメントをし、

「ですが、涼宮さんのエネルギーの源を推理し合うのは後回しでいいのでは？　長門さん、かつてあなたは私掠船《しりやくせん》の上で、脱出《だつしゆつ》の機会を待っている、と言いました。その機会が来たということでいいんですね？」

無言でのミリ単位の頷き。

「長門さんが待っていたのは、今のこの状況《じようきよう》ですか？」

「条件が必要だった」

「条件とは？」

「人智《じんち》を超えた力を与《あた》えられること」

パリスの審判《しんぱん》の三女神の一柱、アテナ。

「今のわたしは神」

燐光《りんこう》をまとう小さな身体《からだ》に、一瞬《いっしゅん》アテナの石像がオーバーラップして見えた。

「非現実かつ超常《ちょうじょう》的な力を行使しても齟齬《そご》が出ない設定と能力を手に入れた」

静謐《せいひつ》な口調に妙《みょう》な説得力があった。これが神の言霊《ことだま》か。

古泉は目を細めて長門アテナを見つつ、

「具体的にどうするんです？　その身に宿した女神の神力で、SOS（r）＋SOS（f）＝1が実行できるんですか？」

「わたし一人では不可能」

長門の視線がハルヒと朝比奈さんを一瞥《いちべつ》する。女神ヘラとアフロディーテが天界からギリシャとトロイアのゴタゴタを眺《なが》めている——そんな幻視《げんし》を垣間見《かいまみ》た。

「彼女たちの力を借りる」

頼《たの》んで借りられるものなのか、それは。

「エマージェンシーモード。要請《ようせい》は必要ない。強引に借用する」

　確かに、ハルヒに向かってお前がもうすぐ無意識パワーを炸裂《さくれつ》させて世界を破滅《はめつ》させるかもしれないからお前が同化している女神の力を長門に貸してやれ、なんてことを説明するわけにはいかない。朝比奈さんは……まあ、あれだ。説明を後回しにしても解《わか》ってくれるだろ。その時の俺たちにここの記憶《きおく》はないだろうが。

「それにしても、長門が主体的に意見を表明することもあるんだな」

　俺が感慨《かんがい》に耽《ふけ》りつつ言うと、長門の眉《まゆ》が微細《びさい》な動きを見せた。

「情報統合思念体とコンタクトできない状況ではわたしは自分の役割を果たせない」

　役割っていうと、ハルヒの観測か。それならここでもできてるんじゃないのか？

「観測データの送信」

　そりゃそうか。見てるだけでは意味ないのか。

「困る」

　長門が漏《も》らした。本当に困っているように見えたのが驚《おどろ》きだ。アテナと一体化したゆえの感情だったのかもしれない。

　その時、一際迫力《ひときわはくりょく》のあるオーケストラ演奏が響いた。

　舞台では、妻の不貞《ふてい》と逃亡《とうぼう》を知ったメネラーオスが兄アガメムノンとともにギリシャ全土に号令をかけ、トロイア追討軍を組織している。大量の演者が次々と登場し、どういう仕組みか何千という軍船が海に浮《う》かんでいるシーンが自然と頭に入って来た。実際にはあったはずのオデュッセウスの暗躍《あんやく》などカットされた情報は、補足イメージとしてタグ付けされている。ここでやっと世紀の英雄《えいゆう》アキレウスが登場し、重装歩兵の一団とともに帆船《はんせん》に乗り込むところで劇場が暗転、次に照明が点《とも》された時にはギリシャ艦隊《かんたい》はすでにトロイア沖《おき》に停泊《ていはく》していた。航海には十年に及ぶ年月と多様な人間模様があったのだが、そんななんやかんやはあっさりと省略され、いよいよ戦争の火蓋《ひぶた》が切られる。

古泉が片手を挙げた。

「たびたびすみません、長門さん。タイミングよく御《お》三方に女神の力が内在し、その力をあなたが自身に結集するというところまでは解りました。ですが、それだけで本当に脱出が叶《かな》うのですか？」

長門がやるって言ってるんだから任せとけよ。

「叶わない」

淡々《たんたん》と答えた長門は、

「この虚構《きよこう》世界での神的な力はあくまでスターター及《およ》びブースターの役割を果たすに過ぎない。本当に必要なものは涼宮ハルヒが放射する解析不能のエネルギーと、朝比奈みくるが持つ属性である」

ハルヒはともかく朝比奈さんの属性っていうと、ゆるふわドジっ娘《こ》メイドか？

「未来人」

……ああ、そうだったな。そっちを先に思い付かなかった俺の負けだ。何がドジっ娘メイドだ、アホか。

古泉が頭をひねりながら、

「SOS（r）＋SOS（f）＝1を可能とするには時を戻《もど》すような、可逆性を持つ何かが必要だとは思っていましたが、それが」

「朝比奈みくる固有の概念《がいねん》」

「なるほど、未来から過去へのタイムリープ、時間遡《そ》行《こう》の概念を抽出《ちゆうしゆつ》して、変数として利用するんですね。概念量子でしたか」

「そう」

「そして、涼宮さんが持つ願望実現化能力をもコントロールできると」

「そう。今、ここでなら」

「そんなことが本当に可能……いや、もうあえて言うことはありませんね。何でもありでした、ここは」

ふっきれたような笑顔《えがお》で古泉は両手を広げた。お手上げのポーズだが、俺からしたら長門の意図をきちんと察するお前もたいしたもんだぜ。

「だが長門、時間遡行の概念とやらをどうにかするんだったら、朝比奈さんに頼んでタイムマシンを貸してもらった方が早いんじゃないか？」

「タイムマシンは朝比奈みくるの体内にインストールされている」

やにわに聞き逃《のが》せない話だ。朝比奈さんまでアンドロイドだと言い出すんじゃないだろうな。

「彼女は人間。生身の存在。ただし一種のＤＮＡコンピュータが彼女の脳内に存在している。時間移動プロセスを実行するソフトウェアでありスイッチとなるが、普段《ふだん》は休眠《きゅうみん》状態にある」

今の朝比奈さんには自由に使えなさそうなのは何となく解る。俺は大人バージョン朝比奈さんを思い浮かべた。あっちの朝比奈さんにまた会うことはあるのだろうか。

古泉は今の話を忘れまいとするように側頭部をつついていたが、

「僕たちにもできることはありますか？」

「待って」

俺と古泉が同時に動きを止めた。長門は目を瞬《またた》かせてから、

「まず理論を構築する。計算が必要。少し時間がかかる」

この妙ちきりんな仮想世界にどれだけいるのか解らんが、待つ程度の作業なら俺にもできそうだな。

「どうやって計算する？　関数電卓《でんたく》が必要か？」

「必要ない」

長門が言った途端《とたん》、テーブルの上に大量の粘土板《ねんどいた》が降ってきた。

ほっそりした手が銀の楊枝《ようじ》を取り、

「演算を開始する」

長門は粘土板をひっくり返し、計算式を書き記し始めた。乾《かわ》いた表面を削《けず》るように。

「本来は固まる前の柔《やわ》らかい粘土板を使用するのですが……最早《もはや》どうでもいいことです」

じっくりと考えながら書いているのだろう。その手の動きはむしろ緩慢《かんまん》としたものだ。

そして刻まれる記号や数字らしき模様は、ほとんどが見覚えのないしろものだった。

「ハイゼンベルク……いや、シュレディンガー方程式をブラケット記法で……？」

古泉はそれらを記憶しておこうとしているように目を凝《こ》らしているが、地球産とは思え

ない謎の文様が増え始めたあたりで諦《あきら》めたように肩《かた》をすくめた。人類には早すぎる。

「人類には未知の、高次元存在でしか理解できない理論や数式があるのでしょう」

「…………」

長門は手元から目を上げない。

「地球の科学者たちはまだ知らない、エイリアンが発見した定理なんてのも」

「…………」

「長門さんの頭の中には、人類が未《いま》だ手にしていない法則や方程式があるのでしょうね」

「自力でたどり着かなければ意味はない」

長門はきっぱりと呟《つぶや》き、二枚目の粘土板を手にした。

がりがりがり、という粘土板に未知の数式が刻まれる音が、やけに頼もしく聞こえる。

「…………」

計算に熱中する有機アンドロイド、顔色こそ変わらないが、その頭脳はフル回転しているに違《ちが》いない。俺の身体がほんのりと温かくなってきた。まるで電気ストーブの近くにいるようだ。

心なしか、長門の周囲を覆《おお》う神々《こうごう》しい燐光が、色味を増してきたように思える。

長門の作業が終わるまで暇《ひま》のできた俺は、円形劇場の底へ視線を投じた。

トロイアの浜辺《はまべ》に続々と上陸するギリシャ軍を、トロイア側が黙《だま》って見ているはずもなかった。パリスの兄にしてトロイア最大の英雄ヘクトールの指揮の下、勇猛果敢《ゆうもうかかん》に侵攻軍《しんこう》へと襲《おそ》いかかる。矢と投石が豪雨《ごうう》となって降り注ぐ中、バタバタと倒《たお》れるギリシャ兵を弾《はじ》き飛ばすようにして、身体の一部以外は絶対無敵であるアキレウスが敵陣《てきじん》へと突《つ》っ込んだ。その獅子奮迅《ししふんじん》ぶりはまさに半神半人の面目躍如《めんもくやくじょ》といったところで、トロイア兵たちが木と藁《わら》で作られた案山子《かかし》のように切り裂《さ》かれていく。

兵たちの動揺《どうよう》を見て取ったヘクトールはすみやかに撤退《てったい》を決断、全軍に城壁《じょうへき》への退避《たいひ》を命じた。ギリシャ側も海岸に設営した上陸拠点《きょてん》へと兵を引き、かくして双方《そうほう》に相応の犠《ぎ》牲《せい》を出した初戦は、長く続く戦争のプロローグとして幕を閉じた。

その時、背後に妙に馴染《なじ》みのある気配を感じ、振《ふ》り返ると同時に声を聞いた。

「おい、おぬしら」

例の白髪白髯《はくはつはくぜん》の爺《じい》さんが、ギリシャ哲学《てつがく》者のような衣服を纏《まと》い、ねじくれた木の杖《つえ》を片手に立っていた。

そろそろ出てくるんじゃないかと思ってたぜ。爺さんの役割は進行不能を回避《かいひ》させるためのノンプレイヤーキャラってところだろうからな。久しぶりだな、爺さん。今度はどんなお告げをしてくれるんだ？

「気安いのう。今のわしはゼウスじゃぞ。少しは敬わんか」

言いながら俺の向かいにどっかりと腰《こし》を下ろす。よく見なくても爺さんもまたハルヒたちと似たような燐光《りんこう》に包まれ、まるでそこだけピンボケのようだ。

「ピンボケとは何じゃ。耄碌《もうろく》するには無限の時間が必要だと、どこからか頭に囁《ささや》き声がしておるわ」

俺は爺さんが手にした陶器《とうき》のカップにワイン的な液体の入った壺《つぼ》を傾《かたむ》けてやりながら、

「何か話があって来たんじゃないのか？」

「おぬしらの首領である娘《むすめ》っ子、今は我が妻ヘラと同化しとる問題児じゃが、あれが今やっとる妙《みょう》なことを止めさせてもらえんか」

ワインを呷《あお》る爺さんを横目に、俺と古泉が顔を見合わせる。代表して俺が訊《き》いた。

「爺さん、あんたはハルヒの力が解るのか。何か見えるのか？」

「解るわけでも見えるわけでもない。ただ、その力はこの世界に確たる悪影響《あくえいきょう》を及ぼす。おそらく破滅的な、じゃ。最初は微弱《びじゃく》じゃったが、ここにきて最大パワーになったと言える。かなりマズい事態じゃ、なんとかせい」

爺さんは飲み干した杯《さかずき》を俺に突き出し二杯《はい》目を要求しながら、

「と、わしをここに出現させたものからの囁き声が頭の中に木霊《こだま》するのじゃよ」

俺たちをこんなところに放り込んでおいて随分《ずいぶん》勝手な言い草だが、その声の主は何者だ。

「ふむ、わしの知っとる中で最もふさわしいと思える表現は、そうさのう、造物主——あるいは創造主——これくらいかのう」

世界を作った存在。それはこの虚構空間の住人にとっては、まさに神と言えるだろう。

「もう少しヒントが欲しいですね」

古泉は手元にあった肉料理の皿を老人の方に寄せて、

「僕たちはその存在を地球外知性体だろうと考えています。情報生命や異星人、宇宙人といった単語が引っかかったりしませんか？」

爺さんは何かの肉片を口に放り込み、咀嚼《そしゃく》しながら考えるようだったが、

「うーむ、ゼウスたる我が全知全能の力を思考に振り向けても、その存在をぼんやりと感じることができる程度じゃが、なんとはなしの漠然《ばくぜん》としたイメージならある」

たちまち二杯目を空にして、

「天を覆う目に見えぬ存在じゃ。世界はすべてそれに覆い尽《つ》くされておる。わしらはその領域の中におる。わしが言うのも何じゃが、邪悪《じゃあく》な気配はせん。むしろ守られておる」

そりゃ爺さんにとっての神ならそう感じるのも道理だろ。

「守られているのはお前たちもじゃ」

邪悪じゃないと言っても実験だか観察だか、ひょっとしたら試練のつもりなのかもしれないが、俺たちに断りなくこんなところに放り込むヤツが善意の塊《かたまり》のはずはない。

「爺さんはこの世界のAIみたいなもんだろう。俺たちのことがどれだけ解《わか》るんだ」

「ゼウスなどをやっとるせいかの。以前より理解力が向上しておる気がするわい。特にヘラ、アフロディーテ、そっちのアテナのことはことさらな」

その関係で言えば、天を覆う存在で連想するのはウラノスだ。

「その名前は遠いの。もっと近く感じる言葉……天、覆う、空間……いや、天蓋《てんがい》……」

天蓋ベッドとかの天蓋か。

「むろんもっと巨大《きょだい》じゃわい。空中……いや、世界全体に広がっておる」

なんかイメージ的に情報統合思念体に近いな。

「長門、何か心当たりはないか?」

「わたしのアクセス権限の及ぶ範囲《はんい》に該当《がいとう》するデータはなかった」

長門は視線を粘土板に落としたまま手を休めずに答えた。

爺さんは手酌《てじゃく》で三杯《ばい》目を注ぎながら、

「わしはその存在に感謝をしておる。故《ゆえ》にその者からの囁き声を無視できん。しようと思っても無理じゃろうが、世界を崩壊《ほうかい》に導くことは許されん」

その囁き声はハルヒの能力をどう判断しているんだ？

爺さんは耳をすますような顔つきで、

「数値化できないパラメータ——無秩序《ちつじょ》、無制限——放出——転移のたびに増大——間もなく限界——崩壊——」

穏当《おんとう》ではない単語ばかりだ。

「そんなにハルヒがいて困るなら、とっとここから叩《たた》き出せと言ってくれ。もちろん俺たちごとな」

爺さんは数秒ほど斜《なな》め上に視線を向けていたが、やがて、

「声がやんだ。もう聞こえん。これはわしの感覚に過ぎんが、この世界がどうなろうと手は出さないような気配を感じたわい。おぬしたちの言う、ここが仮想世界だか虚構《きょこう》世界だから、というわけかのう」

俺たちの計画をどこまで聞いてた？

「すべてを。おぬしら、ここから脱出《だっしゅつ》すると言ったな？」

止めるつもりか？

「いいや。そんな命令は受けておらん。だからこれはわしの純粋《じゅんすい》なる願望じゃ」

陶器のカップを静かにテーブルに置いたＮＰＣの爺さんは、

「わしをその現実とやらに連れて行ってもらうわけにはいかんかの？」

驚《おどろ》きの提案に言葉に詰《つ》まる。古泉も同様だったらしく一瞬《いっしゅん》固まってから、

「現実に帰還《きかん》すれば（f）のほうの我々は波動関数の収束により消え去るだろうと予測できます。しかし元々この世界にいる住人が現実に移動したらどうなるんでしょう。あなたはデータでしかない存在のはずです。物理的な実体として出現可能なのでしょうか」

その答えを出せそうな唯一《ゆいいつ》の長門は、黙々《もくもく》と計算に励《はげ》んでいるところだ。

「爺さんはこの世界に未練がないのか？」

「おぬしらというなかなか愉快《ゆかい》な存在を作った、そちらの世界に興味が出てきただけじゃ。この世界もそれほど悪いとは思わんが、おぬしらがそうも帰りたがるには理由があるのじゃろう。ただ知りたいのじゃよ」

意外と何でもありの世界というのはそんなにいいもんじゃないというのが解ったださけさ。ある程度の制限があったほうが面白《おもしろ》みが出る。思えば現実ってよく出来てたんだな。

古泉が口を挟《はさ》み、

「初めからこの世界で生まれていたらどうだっただろうという話ですね。ゼウス氏の意見を拝聴《はいちょう》したいところです」

「そう言われてもここしか知らんからの。わし自身に違和感《いわかん》はないわな。おぬしらの話を

聞いて、規則や法則に支配されている現実とやらを体験したいと思ったものよ」

「現実に行けば、二度とここには戻《もど》れないかもしれませんよ」

「構わんよ。わしはここで永遠とも言える時を過ごしたように感じておる。それに――」

声を潜《ひそ》ませ、舞台《ぶたい》劇を見下ろしながら、

「おぬしらがここから消えたら、この世界は用済みになるのではないかな。わしの中に芽生えた自立意識が、そんな予感を発しておるのだよ」

俺たち五人のためだけに用意された広大な箱庭。莫大《ばくだい》なエネルギーを費《つい》やして構築された仮想空間だ。これっきりにするのはもったいなくないか？

微苦笑《びくしょう》を滲《にじ》ませた古泉が、

「もったいないの概念《がいねん》が情報生命体のような存在に通用するのかどうかは解りませんが、そこはここの創造主の意図によるでしょうね。ここが何かの実験場なのだとしたら、別の機会に再利用しようとするかもしれません。維持《いじ》コストを考慮《こうりょ》して廃棄《はいき》する可能性もありますが、量子を自由に操るレベルの銀河規模の存在がエネルギーに困るとは思えないんですよね」

「なんじゃ、おぬしら。わしよりここの主《あるじ》のことを知っているようだの」

「むしろ問題点はコストより別のところにありそうです」

古泉の視線は劇場に向いていた。

ギリシャ勢が上陸を果たしてから十年目になってもトロイアは陥落《かんらく》していなかった。神々によって造られた城壁の守りは堅《かた》く、押し寄せるギリシャ連合軍の攻撃《こうげき》をものともしない。決して守備一辺倒《いっぺんとう》でないトロイア軍は侵略《しんりゃく》者たちを蹴散《けち》らそうと城から打って出るが、当然ギリシャ軍の方も強靱《きょうじん》だった。互《たが》いに決め手に欠ける中、両者実力伯仲《はくちゅう》の攻防《こうぼう》が続く。ギリシャの陣中《じんちゅう》ではアガメムノンとアキレウスが美女を巡《めぐ》って仲違《なかたが》いを起こし、トロイア城内ではヘクトールが弟パリスの情けなさに慨嘆《がいたん》したりしていたが、神々もまた戦争に介入《かいにゅう》してパリスへの憎悪《ぞうお》を滾《たぎ》らせるヘラがトロイアの軍勢に雷《かみなり》を落とすかたわらで、トロイア側に荷担したアポロンがギリシャ兵士たちに矢の雨を降らせつつ疫《えき》病《びょう》を蔓延《まんえん》させたりして、太陽神とは思えない酷薄《こくはく》さだなと思っているうちに気づいた。

「あー、よく見たら、どっかで見かけた顔ばかりだな」

古代戦争劇らしく演者はやたらと多いが、『イーリアス』に登場するネームドキャラたちは、今まで俺たちがたらい回しにされてきた世界にいた連中が配役されていた。

へのへのメネラーオスとヘレネを始めとして、ナントカトンとホニャラット・ハープ兄弟勢、ギャングのボスとその取り巻きに加え仏頂面《づら》のバーテンダー、元〈ゴールデンフリース号〉の船員たちも双方《そうほう》に分かれて剣《けん》を交えている。

ＮＰＣの使い回しとは案外この世界は大した容量ではないかもな。天蓋とかいうヤツはとんだ手抜《てぬ》き野郎《やろう》だ。

「手抜きというより理解不足のような気がしています。おそらくキャラクター全員に相応の人生を付与《ふよ》するだけの演算領域は足りていないのでしょう。ただ、やろうと思えば出来るのだが、どういう風にすればいいのか解らない――というような」

言わんとするところは解る。俺たちが今まで過ごしてきた世界の奇妙《きみょう》さを見れば、この世界の創造主の感性は根本的に人類的ではない。

そんなヤツが最終的にこの世界をどうするか、俺には答えが出せない。エキストラであるＮＰＣたちにそれほど愛着があるわけではないが、それなりの時間を共に過ごした仲だ。仮にここがデジタルゲームの中で彼等《ら》が決められたセリフを吐《は》くだけの書き割りだったとしても、そういったものに人間性を見て取るのが感受性ってもんじゃねえかな。

「クリエイター冥利《みょうり》に尽きる意見ですね」と古泉が茶々を入れる。

つまり、ヤツらがこの世界ごと消えてしまうのにはやぶさかでない哀愁《あいしゅう》を覚える。それで俺も古泉も、世界の存続のほうに思考が寄ってしまうのだろう。

なるほど《敵》ではないのかもしれない。爺《じい》さんの言う、守られているのは俺たちも、という感覚は解らんが、この世界に対し俺は明確な悪意を感じられずにいる。

最初のＪＲＰＧの世界からして、ここはどこか生温かく居心地《いごこち》がいい。ぬるい温泉にずっと浸《つ》かっているような気分だ。場合によっては次々に転移する世界を飽《あ》きずに楽しむことだって出来たかもしれない。

だが、それは俺の選択《せんたく》じゃない。ＳＯＳ団は誰《だれ》かが用意した人工の楽園で満足するような純真無垢《むく》な団体ではない。仮に今の俺のこの意識が消え失《う》せようと、籠《かご》の中の理想郷よりナチュラルオープンワールドでジタバタすることを選ぶ。いや嘘《うそ》だ。そんな高邁《こうまい》な思想じゃない。簡単に言えば、ムカつく。こんな所に閉じ込めておいて実験動物を見る目で俺たちを眺《なが》めている。そんな連中の思い通りになってたまるか。

「…………」

雄弁《ゆうべん》な沈黙《ちんもく》の気配が、俺の意識を元に戻す。

いつの間にか、粘土《ねんど》板を削《けず》る音が止《や》んでいた。

長門は自分が刻みつけた文字列を確認《かくにん》するように見返していたが、やがて細いが長々とした息を吐いた。排熱《はいねつ》したのかもしれない。そして、

「理論の構築を完了《かんりょう》した」

ほとんどすべてが謎《なぞ》の記号で埋《う》め尽くされていたが、最後の二文字だけは俺でも解った。

＝1。

「脱出計画はわたしを起点として実行する。ただし、」

長門はやや熱ぼったそうな顔で補足した。

「演算の結果、スターターとなるべきエネルギーが足りない。このままでは起爆《きばく》できない」

ヘラとアフロディーテとアテナの力を合わせても不足なのか。

「わたしの内部に必要」

エンジンを点火するセルモーターの威力《いりょく》が足りないみたいな感じだろうか。

俺と長門と古泉が同時に同じ人物へ視線を向けた。

好々爺《こうこうや》とした笑《え》みを浮《う》かべた皺《しわ》深い顔が、

「では、わしが協力しよう。そなたにもう一柱、神を降ろしてやる」

そんなことができたとは驚きだ。

「わしは全能の神、神の中の神ゼウスじゃぞ。その程度はできるはずじゃ」

杖《つえ》を持つ手をかざすと、上空からスポットライトが爺さんに当てられた。

まるで舞台の演出効果だ、と見ていると、実際にそうでもあったらしく、劇場で血みどろの戦闘《せんとう》をしていたギリシャ、トロイア双方の戦士たちが一斉《いっせい》に平伏《へいふく》し、頭《こうべ》を垂れた。どこからか流れ出すナレーションが「ゼウスは両軍代表の一騎討《いっきう》ちを所望しておられる」と告げ、侵攻軍《しんこう》からはアイアース、防衛側からはヘクトールの二人が舞台中央へと進み出る。

それを横目に、爺さんは杖の先を長門の頭上で静止させ、

「草原を駆《か》ける風にして緑の葉を踏《ふ》みしめるものよ、自然の息吹《いぶき》と舞《ま》い狩猟《しゅりょう》の技に秀《ひい》でた守護者よ、荒野《こうや》に声を響《ひび》かせ弓引き絞《しぼ》る力強き神よ、永遠の尊厳と月輪《げつりん》の光輝《こうき》とともに降臨せん」

長門がまとっていた燐光《りんこう》がその光量を増していく。

「…………」

黙然《もくぜん》と座っている長門の姿に、二つの人影《ひとかげ》が多重露光《ろこう》のように重なっていた。一つは甲冑《かっちゅう》を纏《まと》った勇ましい戦乙女《いくさおとめ》、もう一つは弓を手にして嫋《たお》やかに微笑《ほほえ》む純潔神。

視界の端《はし》で蠢《うごめ》きを感じて目を転じると、長門が座っていた玉座に刻まれた文様に新たなレリーフが浮かび上がっている。白いマーガレットの花と、そして、こればかりは見間違《みまちが》えようのないシンボル――月。

アテナに加えて女神《めがみ》アルテミスまで宿した長門からは、ちょっとの覚悟《かくご》では正視できないほどの神々《こうごう》しさが溢《あふ》れ出していた。爺さんは「やってみるもんじゃな」と呟《つぶや》いた後、

「足りるかの？」

得意げに言う爺さんに、長門は淡《あわ》く光る自分の手のひらをグッパーしながら見つめた後、

「感謝する」

「その代わりと言っては何だが、わしを連れて行ってはくれんか？　いやいや、可能であればでいいんじゃ。無理難題なのは解《わか》っとる」

「計算する」

スポットライトが長門の頭上に落ちた。劇場ではアテナ役がギリシャ代表アイアースに加護を与《あた》えている。いい演出になったようだ。

一秒ほど考えていたアテナ＝長門＝アルテミス＝有希《ゆき》は、

「情報エネルギー量としてなら可能。わたしから提案がある。あなたにメッセンジャーの役割を期待する。ある命令コードを付与する。それは機械的に実行される。その後、移動を終えたあなたに、あなたの意識が残っているかは不明」

長門らしからぬ能動的な長ゼリフに俺と古泉が目を剝《む》いているのにも気づかず、

「あい解った。おぬしの指示通りに取り計《はか》らおうぞ。何でも言うとよいぞ」

爺さんは満足そうに頷《うなず》いた。

俺より先に立ち直った古泉は未練がましく、

「何でしたら、僕にアポロンあたりを降ろしてくれてもいいのですが」

爺さんはギヌロ、とオノマトペを付けたくなる視線を向けて、

「雰囲気《ふんいき》だけなら、さもアポロンめいとるが、おぬしに相応《ふさわ》しいのはむしろヘルメスじゃ」

「そちらでも構いませんよ。父なるゼウスよ」

古泉の芝居《しばい》がかったセリフに、

「必要ない」

長門が両断にして捨てた。

舞台上の一騎討ちは引き分けに終わり、これでまた戦場の停滞《ていたい》が続くと思いきや、ここに来てトロイア軍が怒濤《どとう》の反攻作戦を開始する。ヘクトールを先頭に突《つ》き進むトロイアの勢いは凄《すさ》まじく、ギリシャ勢は一時浜辺《はまべ》の船団まで押し返されたあげく総大将アガメムノンすら負傷するという体《てい》たらくの防戦一方となり、ついに軍船から火の手が上がった。しかし、アガメムノンとの間にしこりを残していたアキレウスはそんな状況《じょうきょう》でも動こうとせず、アキレウスの代わりに無二の親友であるパトロクロスが出陣《しゅつじん》するも奮戦の末、敵将ヘクトールに討ち取られてしまう。慟哭《どうこく》するアキレウスは激情に駆られるままに敵陣《てきじん》に突撃《とつげき》して友の遺骸《いがい》を回収すると、ようやくアガメムノンと和解し、かくして半神の英雄《えいゆう》はトロイア最大の敵として立ちはだかり、長門も立ち上がっていた。

ちんまりとした女神姿のショートヘアが背後に回り、俺と古泉の肩《かた》に手を置いた。淡々《たんたん》

とした囁《ささや》き声が耳朶《みみたぶ》に触《ふ》れ、

「一時的に視界を貸す。これがわたしに見えている世界」

肩に置かれたほっそりした指の感触《かんしょく》が強まり、突如《とつじょ》として俺の目の前が光で満ちあふれた。反射的に目を閉じても輝《かがや》きは収まらない。俺の視神経が捉《とら》えた光景ではなく、長門の目に映った視覚情報がそこにあった。

古泉が唸《うな》るような声を漏《も》らした。

「これはすごい」

ハルヒから噴《ふ》き出した目映《まばゆ》い光のオーラが朝比奈さんの周囲で速度と輝きを増し、物凄《ものすご》い勢いで渦巻《うずま》いている。まるでオーロラで出来たタイフーンだ。

長門が片手を伸《の》ばすとオーラの奔流《ほんりゅう》が螺旋《らせん》を描《えが》いて小柄《こがら》なアテナ＝アルテミスの腕《うで》にまとわりつき、長門を中心としたトルネードとなって回転する。

ハルヒの能力とヘラの力、朝比奈さんの概念《がいねん》とアフロディーテの神力、長門のコズミックパワーとアテナ＝アルテミスの女神力を可視化したものだろう。あまりにも圧倒《あっとう》的なそのド迫力《はくりょく》に俺の背筋に冷たいものが奔《はし》る。これはダメだ、太古の人類がなぜ神的な存在を恐《おそ》れたかよく解る。根本的に異質で巨大《きょだい》な存在に対する畏怖《いふ》が、遺伝子の根源を震《ふる》わせるのだ。魂《たましい》に冷や汗《あせ》が伝う。

ふっ、と唐突《とうとつ》に光が消えた。

肩にあった小鳥の体重くらいの感触がなくなっている。俺と古泉から手を離《はな》した長門は、また元の位置に座っていた。

安堵《あんど》とともに、どっと汗が滲《にじ》み出し、隣《となり》で古泉も吐息《といき》をつきながら、

「いやあ、いいものを見せていただきました。色々参考になりましたよ。覚えておきたいところではありますが、どうやら望むべくもないようですね」

「古泉一樹《いっき》」

長門がこいつをフルネームで呼ぶことなんてあったっけ。元々定かでない記憶《きおく》を探っても無駄《むだ》か。呼ばれた古泉はなぜか照れくさそうにこめかみを掻《か》いている。

「あなたの杞憂《きゆう》を消す」

いつになく長門の口調は自信ありげだった。ダブル女神システムの恩恵《おんけい》かもしれない。

古泉は素早《すばや》く首肯《しゅこう》し、

「やはり涼宮さんの存在を気がかりから外せません。僕たちは99対1以上に有利な勝負に挑《いど》もうとしている。普通《ふつう》なら安心しているところですが、涼宮さんの力は確率に左右されることがない。どのような手を打つのですか？」

「客観的観測者を設定する」

長門の回答に、古泉は片眉《かたまゆ》を上げた。

「それはたとえば、現実の僕たちとこんな格好の僕たちを見て、どっちがより現実に即《そく》しているかを判断する役割の人物ということですか？」

「そう」

古泉は長門の衣装《いしょう》と自分がまとうトーガを見比べて、

「今この状態の僕たちが現実に帰還《きかん》すれば、涼宮さんは神話の女神として世界に降臨しそうですね。ついでと言っては何ですが朝比奈さんと長門さんも」

最大級のナイトメアだ。

「それで、いったい誰にその観測者の役割を任じるおつもりです？」

「言わない」と長門は俺を見ながら言った。「観測プロセスにおける情報の事前伝達は客観性を削《そ》ぐ可能性がある。無知であることが重要」

「まったくの第三者に（r）のほうの僕たちを観測させ、認識《にんしき》させることで量子状態を収束させるわけですね。それが誰かは訊《き》きませんが、ある程度僕たちに近い人間で、けれども近すぎることはなく、それでいて現実的な常識を持っている人ということでしょうか」

「その認識でいい」

こんな古代ギリシャかローマ風の格好で現れた俺たちと現実での俺たちを見比べて、どちらが現実的か判定してくれるような人間か。普通に考えたら大抵《たいてい》のやつはこんな格好をしている五人組のほうが頭おかしいと思ってくれるだろう。

　古泉はなおも問いかける。

「しかし、どうやってそれを？」

「極小時間だが、こちら側から現実に干渉《かんしょう》することができる」

　ここで長門は、興味深そうに会話を聞いていたゼウス爺《じい》さんに顔を向けた。

「その姿では連れて行けない」

「ほう」と爺さんは顎鬚《あごひげ》をしごき、「どのような形状ならよいのかの」

　長門は左腕を真《ま》っ直《す》ぐ爺さんへと伸ばした。途端《とたん》、白髪白髯《はくはつはくぜん》の最高神の姿が淡い光に包まれる。光は細かい粒子《りゅうし》のように拡散し、たちまち人型の輪郭《りんかく》を失って、輝く不定形な靄《もや》の塊《かたまり》となったかと思うと、長門がかざした左手の上で新たな形を作り上げる。

　それは確かめるように二、三度羽ばたきを繰《く》り返すと、ふわりと長門の左肩にとまった。

「ホウ」

　と、フクロウが鳴いた。ゼウスだった時と同じ、後光のような輝きをまとっている。

　神なんだから動物にメタモルフォーゼするのは日常茶飯事《さはんじ》だろうが、目の前で見るとやはり迫力がある。古泉が面白《おもしろ》がる口調で呟いた。

「ミネルバのフクロウは黄昏《たそがれ》に飛び立つ……このフクロウ氏がメッセンジャーの役割を」

「そう」

長門は纏《まと》っていた衣服の裾《すそ》を引き裂《さ》き、そうして作った布きれにイカスミスープを浸《ひた》した銀の楊枝《ようじ》で何事かを書き付けた。

「この内容を指定座標の人物に伝えて欲しい」

嘴《くちばし》の先に差し出された布を、フクロウはさっと咥《くわ》えるとそのまま飲み込んだ。そして理解した証明のためか、

「ホウ、ホウ」と鳴いた。

一方その頃《ころ》、友を失い怒《いか》り狂《くる》ったアキレウスはトロイア軍にとって文字通り災厄《さいやく》そのものとなっていた。仇《かたき》を討つべく憎《にく》き敵将ヘクトールめがけて一直線に疾走《しっそう》する姿は人の形をした破壊《はかい》と殺戮《さつりく》の代名詞だ。運悪く彼の進行方向にいたトロイア兵たちを槍《やり》の一振《ひとふ》りごとにまとめて引き裂き、屍山血河《しざんけつが》を築きながら半神の猛将《もうしょう》はただ一人で敵軍を崩壊《ほうかい》させてしまう。あまりの常識外れな強さに恐れをなしたトロイア勢は雪崩《なだれ》を打って城内へ撤退《てったい》するが、唯一《ゆいいつ》ヘクトールだけは門前に立ちはだかり、アキレウスを待ち受けていた。

怒りに燃えるアキレウスが槍を振るい、ヘクトールの剣撃《けんげき》が迎《むか》え打つ。激しく干戈《かんか》を交えること数合、ついにアキレウスの槍先が敵将の首を貫《つらぬ》いた。

トロイア最大の英雄は冥界《めいかい》に旅立ち、城内に悲嘆《ひたん》の声が木霊《こだま》する中、その上空ではトロイアの行く末を暗示するかのように暗雲が蠢《うごめ》いていた。

「現実へ脱出《だっしゅつ》し量子状態が解除されるまで予想値2マイクロ秒間の猶予《ゆうよ》がある。その時間内であれば現実に干渉できる」

いつもの淡々とした長門のイントネーションに多少の決意めいたものが混じっていると感じるのは女神《めがみ》効果かね。

「つじつまを合わせる」

問答は古泉に任せよう。

「つじつまですか。観測者にメッセージを伝える他にすることとは？」

「現実側、（r）の我々も異変を感じている可能性がある」

そうか、そっちでも何か変なことが起こっているかもしれないのか。

「現実側はごくわずかな変化しかないはずです。イレブンナインでしたよね」

「現実側にも、わたしはいる」

確信しきっている口調だった。

「（r）のわたしは事態に気づいているはず。ただ観測に徹《てっ》していると予想される」

肩に止まったフクロウが首を傾《かたむ》けた。

「気づいていなければ説明する。その上で協力を要請《ようせい》する」

２マイクロ秒だっけ、一瞬《いっしゅん》というのもおこがましい短時間で説明しきれるのか？

「妨害《ぼうがい》がなければ可能。おそらくない。その間に若干の世界改変をおこなう」

うっかり聞き逃《のが》しそうになって、俺は前のめりになる。

「世界改変だって？　お前が？」

「涼宮ハルヒの力を使用する。今のわたしなら少しは使える」

俺は月の光を映す漆黒《しっこく》の海面のような瞳《ひとみ》を見つめた。

そこにあったのはいつもと同じ、静かで迷いのない長門ならではな色彩《しきさい》だった。

「改変は最小限に留《とど》まる。むしろ可能となるのはその程度。２マイクロ秒」

確かに現実側での俺たちが、この件で何か混乱に陥《おちい》っていたりしたら問題なので、そこを考慮《こうりょ》に入れると多少の改変は必要なのかもしれないが、大丈夫《だいじょうぶ》だろうか。いや長門を疑うわけではなくてさ。

長門は気を悪くした感じでもなく、

「改変はメッセージの送信及《およ》び（r）と（f）を（＝1）とするプロセスに限られる。現実世界の基底情報には手を触れない。また触れる必要がない」

ＯＫ、全面的に信じるぜ。実際、俺が何かをするより間違《まちが》いがないはずだ。

フクロウが俺を見て、「ホッ、ホッ」とさえずった。

舞台《ぶたい》の演目もクライマックスに向かっていた。すったもんだがあったもののヘクトールの葬儀《そうぎ》がしめやかに終わると戦闘《せんとう》も再開された。大将を失ったとは言えトロイア軍は強兵であり、また都合よく各地から増援《ぞうえん》がもたらされたこともあって互角《ごかく》の戦いをするまでに持ち直している。それどころかギリシャ側の勇将アンティロコスを戦死させるなど局所的有利を作り出していた。こうなると頼《たの》みになるのはアキレウスの武勇と頑強《がんきょう》な肉体のみ。たった一人で戦局を打開できるチート英雄は果敢《かかん》に敵陣《てきじん》に突撃《とつげき》するや、トロイア兵を片《かた》端《はし》から冥府《めいふ》へ送り届ける作業を開始した。その殺戮の血生臭《ちなまぐさ》さには神々ですら鼻白む。

かの猛将の突進《とつしん》を妨《さまた》げることは人間には不可能であり、こうしてアポロンの出番となる。この一貫《いっかん》してトロイアの味方であり続けた太陽神がパリスに憑依《ひょうい》して矢を放つと、必中の一撃《いちげき》はアキレウス唯一の弱点である踵《かかと》を射貫《いぬ》き、それが致命傷《ちめいしょう》となって半神の英雄は異郷の地に斃《たお》れた。しかしその勇名は伝説に刻まれ時代を超《こ》えて伝わることとなった。

舞台上で演じられているトロイア戦争の物語展開が加速している気がする。まるで世界に急《せ》かされているような気になってきた。俺たちが何をするつもりなのかを早く確認したいのか、それともさっさと出て行って欲しいのか。

古泉が控《ひか》えめに挙手した。

「最後に一つだけ疑問、というか提案があります」

長門とフクロウが息を合わせたように古泉を見る。

「そちらのフクロウに変化したゼウス氏は、情報量として現実に移動するというお話でしたね。であるならば、今の僕たちの記憶だけをデータ化して送信することもできるのではないですか？」

この世界のキャラにメッセージを託《たく》せるのなら。連れていけるのならば。

「僕たちの記憶は消されることが望ましい。特に涼宮さんの頭からはね。しかしここでの記憶が得がたいものであるのも確かです」

せっかくの経験だからな。無理に忘れたいとは思わん。が、そういうわけにはいかないのだとしたら、俺は現実にいる俺でいることを選ぶぞ。

「あなたと長門さんだけが覚えておく、というふうには？」

「我々は現在、五体で一つの量子系を形成している。一体の修正が集団のすべてに影響《えいきょう》を及ぼしかねない」

しかし長門は、珍《めずら》しくためらったような沈黙《ちんもく》の後、

「現在わたしに集合しているエネルギー値は事前予想より高い。余剰《よじょう》分のエネルギーで意識から記憶をパージできる」

聴衆《ちょうしゅう》が俺と古泉、フクロウ一羽でも長門の語りは生真面目《きまじめ》だった。

「ただし、わたしを含《ふく》め、SOS（f）全員の記憶《きおく》は封印《ふういん》されなければならない」

少なくとも完全抹消《まっしょう》は免《まぬが》れるのか。

「意識から記憶を切り離《はな》し情報パッケージとして圧縮。封印状態にした記憶データを現実の我々にアーカイブとして送信、格納した後、凍結《とうけつ》保存する」

記憶を取り出して箱に入れ、鍵《かぎ》をかける。ただしそんな記憶を収納したことは忘れてしまう。二度と思い出せない記憶はないも同然じゃないか？

「まったくの無と、その情報にアクセスできない状況《じょうきょう》の違い。本質的に異なる」

「今の僕たちが生きた証《あか》しです。いつか解凍《かいとう》される時が来るかもしれません」

古泉は晴れやかに微笑《ほほえ》んだ。

「理想的な解決方法に思えますよ」

長門、お前は本当に大したヤツだ。今までもそう感じていたが、改めて実感する。

どうでもよさそうに長門はふっと右手を振った。

「今のわたしは神。それから、」

どこからか取り出した、とんがり帽子《ぼうし》を被《かぶ》って、

「魔法《まほう》を使う宇宙人」

神様兼《けん》魔法使い兼宇宙人なら何でもできそうだ。これ以上四の五の言うのはよそう。ここから出られたら長門大社を建立《こんりゅう》して末代まで奉《たてまつ》ってやるよ。

「いらない」

アキレウス戦死の知らせを受けたギリシャ陣中《じんちゅう》に激震《げきしん》が奔《はし》った。総大将アガメムノンは顔色を失い、へのへのメネラーオスは何となく呆然《ぼうぜん》としている。ギリシャ勢はショックのあまりか葬儀と並行して追悼《ついとう》と称《しょう》する競技大会を開いて現実逃避《とうひ》する有様だ。ただしトロイアサイドも余裕《よゆう》があるとは言えない。巨大《きょだい》台風アキレウス一号の被害《ひがい》はそれほど甚大《じんだい》だったのである。戦争はなおもダラダラと続き、両軍は多大な人的損害をこうむり続けるのだが、特筆すべき死者としてパリスがいた。

この戦争の根本原因と言える美男子は戦闘の最中に毒矢を受け、そのまま回復することなく死亡したのだった。物語の主人公格としてはあっけない死に様である。そしてその死の影響もほとんどなかった。ヘレネですらどうでもよさそうな顔をしている。実際、偽《いつわ》りの愛はすでに冷めていた。

終わり時を見失った戦争は意外な、しかし誰《だれ》もが知る形で終結することになる。

知っている以上、最早《もはや》古代ギリシャ演劇を半強制的に観劇させられているSOS団一行というシナリオに従う必要はない。

俺は俺がやるべき事をするだけだ。長門や古泉と打ち合わせてはいないが、その程度なら俺の一般人的《いっぱんじんてき》脳ミソでも読み取れる。

俺が立ち上がりかけた時、テーブルの上にどこからともなく黄金のリンゴが転がってきて、目の前で止まった。ここに来てパリスの代役をしろとでも言いたいのか知らんが、そんな気にはならないし第一もう付き合いきれん。誰に渡《わた》すとかそんな話でもない。食えないリンゴに用はない。ハルヒも朝比奈さんも長門も欲しがったりはしないさ。だからこんなものは、

「こうだ」

俺はリンゴをつかむと後ろに放り投げた。そして席を離れてハルヒの座る玉座へ向かう。その椅子《いす》のレリーフではヘラクレスがライオンと格闘《かくとう》している様子がクレイアニメのように蠢いていた。隣《となり》の座にいる朝比奈さんはハンカチを握《にぎ》りしめるようにして、舞台のトロイア戦争劇に釘付《くぎづ》けになっている。

トロイア城壁《じょうへき》の難攻不落《なんこうふらく》ぶりに業《ごう》を煮《に》やしたギリシャ軍はついに最後の手段に打って出た。巨大なハリボテの木馬を作り上げると空洞《くうどう》部分に数十人のギリシャ戦士を潜《ひそ》ませて戦場に放置、残りの全軍を乗船させるとそのまま沖《おき》まで引き揚《あ》げたのである。それを敗北の意思表示と思い込んだトロイアは木馬を戦利品として城内に引き入れる。ヘレネ奪還《だっかん》を

誰よりも願うメネラーオスも当然その内部で息をひそめていた。

団長殿《どの》は猫《ねこ》のような軟体《なんたい》性を発揮して、豪華《ごうか》な装飾椅子《そうしょくいす》にぐんにゃりともたれ掛《か》かっていたが、俺の落とした影《かげ》に気づいて顔を上げた。

「どうしたの？　キョン」

ハルヒの指が侍女《じじょ》の捧《ささ》げ持つ盆《ぼん》に伸《の》び、クルミの実を摘《つ》まみ上げて口の中に放り込んだ。

「悪巧《わるだく》みの相談は終わった？」

「ああ、おかげさんでな」

朝比奈さんとともに演劇鑑賞《かんしょう》に集中してくれてたから、すんなり話がまとまった。

ハルヒはチェシャ猫のような笑みを浮《う》かべて、俺を見上げている。

俺は長門によって一瞬見せられたオーラの幻視《げんし》を思い起こす。爺《じい》さんがゼウスとなって止めるように言いに来た謎《なぞ》パワーの奔流《ほんりゅう》が、心身ともにヘラのコスプレをした団長から今も立ち昇《のぼ》っているのだろう。

世界を巡《めぐ》っていくたびに増大する力。エネルギーの放射。長門の言うとおりだ、それが何なのか、俺には解《わか》る気がしている。

ハルヒの場合、噴《ふ》き出す謎のエネルギーは、そのまま「思い」であり「想い」だ。

それは俺が今胸に抱《いだ》いているものと同じだろう。なぜだか解らんが、まず間違いないという確信がある。そして意地っ張りのハルヒのことだ、自分から言い出すなんて殊勝《しゅしょう》なことをせんだろう。ひょっとしたら自分の胸の内に気づいてすらいないかもしれない。

だから、代わりに俺が言ってやるのさ。

「おい、ハルヒ」

「なに？」

「そろそろ帰ろうぜ。ここは俺たちがいていい場所じゃない」

俺は――

「帰りたい」

どんな遊園地やテーマパークやレジャーランドが束になって来たとしても、俺たちが最も楽しんで過ごす場所には敵《かな》わない。そう、我が北高《きた》の文芸部部室を中心に巻き起こるスペクタクルに比べたら、ファンタジーも銀河パトロールも西部劇も大航海時代も、ただのバーチャルに過ぎない。俺たちのリアルはここにはない。

微《かす》かな衣擦《きぬず》れの気配を感じて自分の手足を見てみると、いつしか北高のブレザー制服を纏《まと》っていた。これが一番落ち着くな、うん。

ハルヒは周囲を見回し、それから自分のギリシャ女神《めがみ》風衣装を見下ろし、瞬間、きょとんとした表情を作ったが、すぐに理解したように頷《うなず》くと、

「そうね。もう充分《じゅうぶん》楽しんだし、帰ったほうがよさそうね」

満面の笑顔でそう言うと、

「みくるちゃん、有希、帰るわよ！」

「えっ？」と朝比奈さんは没頭《ぼっとう》していた舞台劇から魂《たましい》を戻《もど》したような顔で、

「今いいとこ……続きが気にな……」

と呟《つぶや》いていたが、ハルヒと俺の顔を交互《こうご》に見て何かを悟《さと》ったように、

「あっ、はい」

ハルヒは手を翻《ひるがえ》して腕時計《うでどけい》を見る。

「もう、こんな時間じゃない。そろそろ日が暮れるわ」

腕時計？　いつの間にそんなもんを嵌《は》めてたんだ。

ハルヒは俺の頭から靴《くつ》先までを見回して、

「何その格好、気が早すぎるわよ」

それから長門へ、

「あら、それ」と視線をとんがり帽子に向けて、「やっぱり似合うわね」と言った後、

「魔法使いの使い魔にフクロウはどうなのよ。悪くないけど猫にしなさい」

「ホウ、ホー」

片翼《かたよく》を上げて抗議《こうぎ》するようなリアクションを取る元爺さんはどうでもいい。

「朝比奈さん」

俺がいち早く制服姿でいるのは、これが一番の理由かもしれない。

まだ舞台《ぶたい》のトロイア戦争劇に心残りがありそうなアフロディーテに、

「ここの飲み物は俺の口に合わないんですよ。お茶がなさそうな時代ですしね」

「はあ」と朝比奈さんは大きな目をパチクリさせた。

「得体の知れない天上の飲み物より、部室で飲む朝比奈さんのお茶のほうが四千倍うまいに決まってます」

ふわふわ髪《がみ》の可憐《かれん》な上級生は、一瞬《いっしゅん》意表を突《つ》かれたような表情を浮かべたが、たちまち薔薇《ばら》の花弁が開花するような笑顔となって、

「はいっ！」

力強く頷き、その時になって初めて、自身が燐光《りんこう》を発していることに気づいたようで、

「あれっ？　あれっ？　なっ、なんですか？　身体《からだ》がぽかぽかしてきます」

合計四柱の女神による淡《あわ》い光が輝《かがや》きを増した。

「どういうことかしらね」とハルヒは目をすがめて、「今なら何だってできちゃいそうな気分だわ。太平洋《たいへいよう》をジャンプしてアメリカまで行けそう」

そう、今のハルヒは正真正銘の神なのだ。おまけに朝比奈さんと長門までそうなのである。ハルヒの無秩序パワーを朝比奈さんが増幅し長門が制御すれば、不可能なことは何もないように思える。どこの誰かは知らんが、SOS団の誇る女性陣三人衆に女神役を割り振ったのはとんだケアレスミスだったな。

「…………」

長門は輝きを放つ両手のひらを上に向けてじっと見ていたが、ゆるやかに顔を上げ、

「異なる力が加わろうとしている」

眼力を込めて注視した。三女神を包む燐光にわずかだが別の色が混じり始めている。その光は不定形生物のように、じわじわと形を作り上げようとしていた。

三人の頭上に輪っかが、背中に白い翼が、まるで空間から滲み出すように女神姿に重なっていく。ハルヒたち本人と女神に天使。これも重ね合わせか。

「次の物語に遷移しようとしているのかもしれません」

古泉がシリアスな口ぶりで、

「急いだほうがよさそうです」

三大天使なら今度は聖書の中かもな。しかし一神教の天使とギリシャ神話の女神の習合とは、ファンダメンタリストが見たら卒倒ものの異端的解釈だ。

「この世界の創造主なら聖書のそれと違《ちが》って細かいことは気にしないでしょう」

どうでもいいんだろうな、結局。人類への気遣《きづか》いが足りないぜ。

深夜、寝静《ねしず》まったトロイアの街の広場。戦利品として陳列《ちんれつ》されていた巨大木馬からギリシャの勇者たちがそろそろと這《は》い出してくる。トロイアの住人たちはすっかり戦勝気分の宴《うたげ》の後、騒《さわ》ぎ疲《つか》れて今はもう夢の中だ。城内に潜入《せんにゅう》を果たした決死隊たちは迅速《じんそく》に行動し、ある者は高所に登って松明《たいまつ》をかざし沖合《おきあい》の船団に合図を送り、ある者は固く閉ざされた城門を開放し、ある者は放火を、ある者は手当たり次第《しだい》の虐殺《ぎゃくさつ》を、そしてメネラーオスはヘレネのもとへと走っていた。

惨劇《さんげき》が始まろうとしている舞台から目を逸《そ》らし、俺は長門を見た。長門は俺を見ていた。

アイコンタクトが一発で決まり、それでやるべきすべてが理解できた。

「ハルヒと朝比奈さん。ちょっと長門と手を繋《つな》いでくれませんか」

「UFOでも呼ぶの？」

ハルヒは茶化しつつ、右手で朝比奈さんの、左手で長門の手を握った。俺は長門の開いている手を取り、左手を古泉の手と重ねる。古泉が朝比奈さんと繋いで、俺たちは輪になった。事前に長門が見せてくれた迸《ほとばし》るようなエネルギーの奔流を感じ取れるわけではなかったが、俺たち五人を凄《すさ》まじい何かのパワーが取り巻き、渦巻《うずま》いている予感はあった。

頭の後ろがチリチリと音を立てているような気がする。凡人《ぼんじん》の感覚ではその程度だ。

「目を閉じて」

長門が呟くように言った。

「緊急脱出《きんきゅうだっしゅつ》の際にどんな光景が広がるか予測できない。視神経および脳組織にいかなる影響《えいきょう》があるか未知数。発狂《はっきょう》する恐《おそ》れがある」

不穏当《ふおんとう》なセリフを聞きながら、俺は長門の指示に従う前に劇場へ目を向けた。

トロイの木馬、トロージャンウイルス。この世界にとって今の俺たちがまさにそれなんじゃないか。これで満足か？　この世界の創造主とやら。

炎上崩壊《えんじょうほうかい》しつつあるトロイア城塞《じょうさい》都市の中で、メネラーオスとヘレネが感動の再会をしている。しかしお互《たが》い駆《か》けよるまではよかったが、その後は微妙《びみょう》な距離《きょり》を取って、どこか決まり悪そうにしていた。どことなく演劇中にシナリオが突然変更《とつぜんへんこう》になった俳優の演技のような感じだ。本当は再会する予定はなかったのかもしれない。

俺は二人に声をかける。

「悪いがここらでお開きだ。後は好きにやってくれ。もう自由になっていい頃《ころ》だろ」

二人は顔を見合わせ、それから揃《そろ》って俺たちのほうを見ると、微笑《ほほえ》みながら遠慮《えんりょ》がちに手を振った。迷いをなくしたように歩み寄ると、そっと寄り添《そ》い合い、抱擁《ほうよう》し合う。

まるでハッピーエンドの一コマのように見えた。背景に殺戮《さつりく》の嵐《あらし》と紅蓮《ぐれん》の炎《ほのお》が吹《ふ》き荒《あ》れていなければの話だが。

右手に感じる長門の細っこい指に、綿飴《わたあめ》を摘まむような力がこもり、俺は目を閉じる。

もう片方の手は汗《あせ》ばむ古泉の手のひらの感触《かんしょく》を伝えてきた。

すぐ近くにいるのに、その声はまるで遥《はる》か遠くから無窮《むきゅう》の時を経て伝わってきたもののように感じる。

「SOS（r）＋SOS（f）＝1の実行プロセスを開始する」

言葉と同時に俺たちは誰《だれ》でもあると当時に誰でもなくなった。どこにも存在しなくなると同時にあらゆる場所にいた。全知に触《ふ》れた直後にすべてを忘却《ぼうきゃく》した。上昇《じょうしょう》すると同時に墜落《ついらく》していた。回転すると同時に静止していた。永劫《えいごう》と刹那《せつな》は等価だった。目蓋《まぶた》の裏の暗黒に巨大《きょだい》な光が急速に広がった。闇《やみ》と光が絡《から》み合い、渦《うず》を巻いて唯一《ゆいいつ》の存在になった。

それは一点に収縮し、無限大でもあり無限小でもある何かになった。

そしてすべてがブラックアウトする瞬間、どこからか誰のものでもない声が――

「――ミッション、コンプリート――」

出場ゲートから一歩足を踏《ふ》み出したところで俺は立ち止まった。

「……ん？」

一瞬、不意に見当識があやふやになり、すぐに現実感覚が戻って来た。

日暮れの涼《すず》しげな大気が秋風を運んでくる。上空に広がる茜色《あかねいろ》の空の下、夕日はすでに暗く傾《かたむ》きかけて、日の入りが近いことを告げている。

背後から流れる「蛍《ほたる》の光」のアレンジミュージックが背中を押し、遠くからはジェットコースター最終便に乗る客の喚声《かんせい》が切れ切れに聞こえていた。

前方を朝比奈さんと肩《かた》を並べて歩いていたハルヒが振り返り、

「どうしたの？　忘れ物でもした？」

「いや」

俺は歩き出しながら後ろに目を送った。城を模したような建物の合間に、様々なアトラクション施設《しせつ》の頂上部分が見え隠《かく》れしている。

ここは――。

全国的にはそこまで有名じゃない遊園地とテーマパークのミクスチャーのようなローカル娯楽《ごらく》施設で、俺たちはそこから出てきたところである。半日もあればすべてのアトラクションを回れる程度の規模だが、意外にもそのどれもが結構なクオリティで、なんだかんだと閉園ギリギリまで居座ることになっちまった。

　で、まあ、何でこんなところに来たかというと——。

　惨憺《さんたん》たる有様だった映画撮影《さつえい》を力業《ちからわざ》で乗り切り、続いてハルヒが一方的に目立つ存在として拍車《はくしゃ》をかけることになった文化祭の後、どういう風の吹き回しか、ハルヒが慰労《いろう》会をしようと言い出したのだ。

「打ち上げを兼《か》ねて、みんなで遊びに行きましょ！　不思議のことはいったん忘れていいわ。たまには何も考えずにチープな娯楽に浸《ひた》りましょう！　無礼講よ、無礼講」

　撮影時は、まあ、色々あったからな。こいつなりに気を使っているのかもしれない。そんな配慮《はいりょ》をする精神があるなら、普段《ふだん》教室にいるときから発揮しろと言いたいが。

「どこに行くんだ？」との俺の質問には、

「遊園地がいいわ。今度の日曜日、いつものところに集合ね！」

　さっそく配慮の欠片《かけら》もなく一方的に決めつけ、そして今日という日になって、俺たちは先頭を行くハルヒに引っ張り回されるように、片《かた》っ端《ぱし》から遊園地の乗り物に乗っては、テーマパークのアトラクションというアトラクションに参加した。

　実を言うと不覚にもなかなか楽しかった。愛らしい朝比奈さんや寡黙《かもく》な長門、何かあれば解説したがる古泉、破天荒《はてんこう》に大騒《おおさわ》ぎするハルヒとともに魔王討伐《まおうとうばつ》に出かけたり、宇宙海《かい》賊《ぞく》と戦ったり、西部劇の世界を追体験したり、サメと戦ったり、スペイン船を襲《おそ》ったり、ギリシャ神話の中に飛び込んだりと、思い返してみるとどれも臨場感がすさまじいアトラクションで、そのいくつかは現実としか思えなかったほどだ。最近の遊園地は侮《あなど》れないな。

「久しぶりに思いっきり遊んだわ」

ハルヒは伸《の》びをしながら言った。

「十年分くらい遊び回った気分がする。遊園地なんて、久しぶりだったからかも」

「また来たいですー」

私服姿の朝比奈さんと肩を並べる後ろ姿は、それだけなら仲のいい姉妹にしか見えなかった。どっちが姉かは言うまでもない。

俺の右横を歩いていた古泉が、

「遊び疲れるかと思っていましたが、なぜか晴れ晴れとした気分です。妙《みょう》な達成感を覚えますね。童心に帰るのもたまにはいい」

どこか感慨《かんがい》深げなニュアンスで言うのを聞きながら、もう一度振り返る。

「…………」

俺の真後ろにいた長門は、なぜか自分の左の手のひらを見つめていた。

まるでそこに何かが載《の》っているかのように。しかし俺の目には何も映らない。ただ白い長門の指と手があるだけだ。

どうかしたかと問いかける寸前、長門がゆるやかに顔を上げ、目が合った。

「………」

その目はまるで「何かを忘れている気がするのだが、あなたに心当たりはないか」と言いたげに見えた。

なぜそんな風に見えるのか謎《なぞ》としか思えないが、長門が覚えていないものを俺が忘れていないはずはなく、他にも長門に何らかの質問をしなければならないような気がしてはいたものの、言葉にする前に疑問の種は燃え尽《つ》きた蠟燭《ろうそく》の最後の煙《けむり》のように消えて行った。

と、そこで新しい違和感《いわかん》を覚えた。

左手の中に柔《やわ》らかい感触がある。誰かと手を繋いでいる。見下ろすと――。

俺の妹がいた。右手で俺の手を握《にぎ》り、左手には風船に繋がるヒモをつかんでいる。遊園地からの帰り際《ぎわ》、マスコットキャラが配っているのをもらった物だ。アニメっぽい画風で何かのキャラがプリントされている。

妹は俺を見上げると、にへらっ、と笑った。

妹……？　こいつ、最初からいたっけ？　いや……待てよ。そうだ、思い出した。

家を出るとき、靴《くつ》を履《は》いていたら「あたしも行く」と言って俺の脚《あし》にしがみついてきたのだった。どういうわけか行く先が遊園地だと知っており、なぜ解《わか》ったと尋《たず》ねると、「有希ちゃんが教えてくれた」とぬかしやがる。しかし、いつどこで聞いたのかという問いには、ちょっと考えて「鳥さんが来た」と思わず熱を測りたくなるような意味不明な証言をした後は、あっけらかんと「覚えてなーい」の一点張りで、そこはどうやら嘘《うそ》ではないらしい。鳥云々《うんぬん》は寝《ね》てる最中に見てた夢の話か何かだろう。

不思議に思うのは後にして、何とか引き剝《は》がそうとしたが、遊園地欲《よく》に染まった小学五年生の両手足はまるでコンテナをつかむガントリークレーンのごとしであり、やむなく俺は妹持参で、いつもの場所にきっちり遅刻《ちこく》して登場することになってしまった。

ハルヒも朝比奈さんも歓迎《かんげい》してくれることは解っていたが、長門に「こいつに遊園地のことを教えたか？」と聞くと、無表情な顔はそのままに、首を傾《かし》げて見せた。

そりゃそうだよな。長門がわざわざ妹にＳＯＳ団のレクリエーションの予定を知らせる義理も理由もない。

妹の歩調に合わせてゆっくりと歩む中、

「キョンくん、おんぶー」

「はいはい」

なぜ妹の要望にすんなり応じてしまったのか、我ながら謎の心理だ。

久しぶりに妹の重みを背中で感じながら、これまたなぜか次のこいつの誕生日にはプレゼントを奮発してやらなければならない気がしてならないのだが何でだろう。

そのまま最寄《もよ》り駅へ続く道を歩いている途中《とちゅう》、ポケットにカサつくものがあるのを発見し、手を突《つ》っ込んでみると英文が書いてある紙切れが出てきた。

「なんだこりゃ？」

遊園地の謎解《なぞと》きアトラクションで貰《もら》ったキーアイテムか？　しかし変な手触《てざわ》りの紙だ。

横から古泉が覗《のぞ》き込み、

「聖書の一節ですね。『ヨブ記』のようですが……」

一カ所だけアンダーラインが引いてある。

「リメンバーミー？」

呟《つぶや》いたところで、この紙切れの入手元に心当たりが蘇《よみがえ》ることはなかった。まあ、色んなアトラクションに出入りしたからな、何かの拍子《ひょうし》に配布物を受け取ったままにしちまったのかもしれん。後で捨てることにして、ポケットに仕舞《しま》い込む。

「くう」と寝言のような吐息《といき》を耳元に感じて横を向くと、妹が本当に寝息を立てていた。

よくも人の背中でこんなあっさり眠《ねむ》れるものだ。その寝付きのよさに感心していると、視界の端《はし》を羽ばたきのようなものがよぎった。反射的に目を上げるが鳥の姿はなく、

「どうしました？」

古泉のセリフと表情から考えて俺の気のせいだろう。そういや羽ばたきの音もしなかったからな。

それでも何となく空を見上げる俺の視界に、上昇していく風船が入り込んだ。

すっかり寝入った妹の指からすり抜け、重力のくびきから逃《のが》れるように、自由になって飛んで行く一つの風船。

プリントされているのはカートゥーンアニメのキャラみたいにデフォルメされた、男女カップルのイラストだ。

どこかで見たような気のするキャラだが、名前や素性《すじょう》が喉元《のどもと》にも出てこない。

妹の手を離《はな》れた風船は、頼《たよ》りなげにフラフラと天へ昇《のぼ》っていく。

角度のせいだろうか、その二人の笑顔《えがお》はどこか安堵《あんど》しているように見えた。

あとがき

子供の頃《ころ》から異常に寝付《ねつ》きが悪く、布団《ふとん》を被《かぶ》って目を閉じたらすんなり眠《ねむ》りについたという記憶《きおく》がほとんどありません。大抵《たいてい》はまんじりともせずただ目をつむり、寝返りを打ち続ける状態で深夜未明まで過ごし、何時間か経《た》ってようやく意識を失うという、どうも生来の夜行性気質だったようです。そんなわけで少年期の僕は深夜ラジオを友として過ごすことになりました。幸い多チャンネルな地域にいたおかげで退屈《たいくつ》せずに済みましたが、別にショートスリーパーというわけではないので日中は大抵寝不足気味で、かつ寝起きも絶望的に悪く、そのせいかどうか知りませんが、見た夢をけっこう明瞭《めいりょう》に覚えていました。

学生時代の僕には思いついたアイデアやフレーズなんかを片端《かたはし》からメモする習慣があって、そんな手帳が何冊かあるのですが、無数の駄文《だぶん》の中に、「夢は最もコストパフォーマンスのいい娯楽《ごらく》である」という貧乏《びんぼう》くさい一文があります。当時の僕が見る夢はストーリー仕立てになってるものがちょいちょいあり、目覚めた瞬間《しゅんかん》に「今のもうちょい見てたかった」と思うものがごくまれにあったので、そんなメモを残したのでしょう。

残念ながら長じるにつれ夢を覚えていることはほぼなくなり、見ても目覚めてホッとするタイプのものばかりになってしまいましたが、寝付きの悪さのほうはその後も続き、改善したのは比較的《ひかくてき》最近です。前作のあとがきに書いたように適当なストーリーを頭の中で転がしていると入眠《にゅうみん》しやすく、最近の定番は、三千年ぐらい未来の荒廃《こうはい》した地球を一人の男が延々と歩いているシーンから始まります。人っ子一人いない荒野を黒いフードコートを纏《まと》った人影《ひとかげ》が黙々《もくもく》と歩を進める。こいつは一体何者なのか。どこから来てどこに行こうとしているのか。他の人類はどうなってしまったのか。そんなことを考えているといつのまにか寝てます。不眠に悩《なや》んでいる方はぜひ試《ため》してみて下さい。

本作『涼宮《すずみや》ハルヒの劇場』のａｃｔ．１と２は大昔の「ザ・スニーカー」に「ハルヒ劇場」として掲載《けいさい》されたものです。元々は三つほどテーマを決め、いとうのいぢさんにイラストを描《えが》いてもらって、それを元に短編を書くみたいな企画《きかく》だったと記憶していますが、なんやかんやで長編っぽい形で終着しました。またｆｉｎａｌ ａｃｔ以降の展開に関しては、これもスニーカー文庫三十周年記念号の「ザ・スニーカー LEGEND」に掲載されたハルヒたち三人娘《むすめ》の女神モチーフピンナップイラストに多大なインスパイアを受けており、いつも素晴《すば》らしいイラストにお世話になりっぱなしで果てしなく感謝しているのは言うまでもありませんが、今回格段のスーパースペシャルサンクスをいとうのいぢさんに捧《ささ》げる次第《しだい》です。散々こねくり回していた課題が一つ何とかなりました。多謝です。

それと素敵な贈《おく》り物《もの》を下さいました、涼宮ハルヒシリーズファン一同、の方々（でいいのかな？）にこの場を借りてお礼申し上げます。ありがとうございました。

そしてもちろん、この小説の編集校正製作流通販売《はんばい》に関わっていただいたすべての方々と、手に取ってくれたあなたに無尽蔵《むじんぞう》の感激の念を送りつけつつ、それでは、また！

〈参考文献〉

『アメリカ西部開拓史』スコット・スティードマン文　マーク・バーギン画　猿谷要　清水真里子訳（三省堂図解ライブラリー）
『図説　海賊』増田義郎（河出書房新社）
『ギリシア神話小事典』バーナード・エヴスリン　小林稔訳（現代教養文庫）
『トロイア戦争全史』松田治（講談社学術文庫）
『ホメーロスのイーリアス物語』バーバラ・レオニ・ピカード　高杉一郎訳（岩波少年文庫）
『量子とはなんだろう　宇宙を支配する究極のしくみ』松浦壮（講談社ブルーバックス）
『文系のためのめっちゃやさしい量子論』松尾泰監修（ニュートンプレス）

〈初出〉

act.1　ファンタジー篇……………「ザ・スニーカー」2004年8月号
act.2　ギャラクシー篇……………「ザ・スニーカー」2006年6月号
act.3　ワールドトリップ篇…………書き下ろし
final act　エスケープ篇………書き下ろし

涼宮《すずみや》ハルヒの劇場《げきじょう》

著　谷川《たにがわ》 流《ながる》

角川スニーカー文庫　24431
2024年12月１日　初版発行

発行者　山下直久
発　行　株式会社KADOKAWA
〒102-8177 東京都千代田区富士見2-13-3
電話　0570-002-301（ナビダイヤル）

印刷所　株式会社暁印刷
製本所　本間製本株式会社

◇◇◇

Printed in Japan　ISBN 978-4-04-115439-7　C0193

★ご意見、ご感想をお送りください★
〒102-8177 東京都千代田区富士見 2-13-3
株式会社KADOKAWA　角川スニーカー文庫編集部気付
「谷川 流」先生「いとうのいぢ」先生

角川文庫発刊に際して

角川源義

第二次世界大戦の敗北は、軍事力の敗北であった以上に、私たちの若い文化力の敗退であった。私たちの文化が戦争に対して如何に無力であり、単なるあだ花に過ぎなかったかを、私たちは身を以て体験し痛感した。西洋近代文化の摂取にとって、明治以後八十年の歳月は決して短かすぎたとは言えない。にもかかわらず、近代文化の伝統を確立し、自由な批判と柔軟な良識に富む文化層として自らを形成することに私たちは失敗して来た。そしてこれは、各層への文化の普及滲透を任務とする出版人の責任でもあった。

一九四五年以来、私たちは再び振出しに戻り、第一歩から踏み出すことを余儀なくされた。これは大きな不幸ではあるが、反面、これまでの混沌・未熟・歪曲の中にあった我が国の文化に秩序と確たる基礎を齎らすためには絶好の機会でもある。角川書店は、このような祖国の文化的危機にあたり、微力をも顧みず再建の礎石たるべき抱負と決意とをもって出発したが、ここに創立以来の念願を果すべく角川文庫を発刊する。これまで刊行されたあらゆる全集叢書文庫類の長所と短所とを検討し、古今東西の不朽の典籍を、良心的編集のもとに、廉価に、そして書架にふさわしい美本として、多くのひとびとに提供しようとする。しかし私たちは徒らに百科全書的な知識のジレッタントを作ることを目的とせず、あくまで祖国の文化に秩序と再建への道を示し、この文庫を角川書店の栄ある事業として、今後永久に継続発展せしめ、学芸と教養との殿堂として大成せんことを期したい。多くの読書子の愛情ある忠言と支持とによって、この希望と抱負とを完遂せしめられんことを願う。

一九四九年五月三日

もう一度、
ロードス島へ
シリーズ特設サイトは▼こちら▼
ロードス島戦記
RECORD OF LODOSS WAR
誓約の宝冠
著 水野良
イラスト 左
日本ファンタジーの金字塔、待望の再始動！
スニーカー文庫